JN315602

なるまで待って

ひちわゆか

幻冬舎ルチル文庫

CONTENTS ✦目次✦

暗くなるまで待って

✦カバーデザイン=吉野知栄(CoCo.Design)
✦ブックデザイン=まるか工房

イラスト・如月弘鷹
✦

暗くなるまで待って

1

「恭《きょう》ちゃん？　起きなさい。着いたわよ」

心地好い眠りを邪魔する、やわらかなアルトは誰だ？

窮屈なフェラーリの助手席、窓ガラスに頬《ほお》をつけて、恭介《きょうすけ》はぼんやりと思う。

半睡のうつらうつらほど、気持ちいいものはない。温かな水の中をたゆたうような……これは、胎児の記憶だろうか？

「しょうがないわね。もう、ほら……起きて。恭介？」

揺り起こす声に、んー……と呻《うめ》いて、恭介は目を閉じたまま、首筋をボリボリ掻《か》いた。

「あと五分……」

「恭介ッ！」

長い爪《つめ》がギュッと耳朶《みみたぶ》をつねる。

「いってででッ」

「今日こそはぜったい登校するから送ってくれって云《い》ったのは誰！　さっさと降りないと蹴《け》り落とすわよ」

「登校……？　あー……」

ああそっか、ガッコか……。のろのろとシートを起こし、ザトウクジラ級の大あくび。

私立東斗《とうと》学園高等部、正門二十メートル前。のどかな登校風景に突如現われた真っ赤なフェラーリを、生徒たちが物珍しげに覗《のぞ》き込んでいく。

目をこすりながらドアを開けた恭介は、低いドアの天井にコーンと額をぶつけて、頭を抱えて蹲《うずくま》った。

「ってー！　あーもう、里美《さとみ》さん、やっぱ車替えてよ。このシート寝にくいんだよなぁ」

「送らせといて贅沢《ぜいたく》云うんじゃない」

「おわっ、待った待った」

アクセルを踏む気配に慌てて飛び下り、ドアを閉めるや否や、フェラーリはファン、とホーンを鳴らして走り去った。

「派っ手だなー、あいかわらず」

うーん、と大きく伸びをして、学校指定の鞄《かばん》を担《かつ》ぐ。

身長一八六センチの頭ひとつ抜きん出た長身。高校生離れした引き締まった肩と腰のライン。くっきりとした眉《まゆ》、意志の強い、オリエンタル風味の派手な顔立ち。左耳にはラピスラズリのピアスが四つ縦に並んでいる。野暮の骨頂のブレザーの制服も、個性で無理やりねじ伏せるアクの強さ。

あくびをしつつ校門に向かって歩き出す恭介に、短いプリーツスカートの群れが、追い越しざま「樋口《ひぐち》先輩！」「おはようございまーす！」と声をかけていく。

「おー」

のんびり手を振り返せば、キャーッと上がる黄色い歓声。

のどかな登校風景も数日ぶりだ。吹き抜ける五月の爽《さわ》やかな風。あふれる朝陽。眩《まばゆ》い新緑——そして、中でも、ひときわ美しく輝くのは。

「さーくや、さぁん！」

石造りのいかめしい門柱の前。風紀委員の腕章をつけて生徒の服装チェックに目を光らせる、私立東斗学園高等部三年、草薙朔夜《くさなぎさくや》——通称〝鬼の門番〟の背中に、恭介はがばーっと抱きついた。

「おーっはよっ。会いたかったよ！　今朝もきれいだね。シャンプーいい匂い。なに使ってんの？」

細い肩をぎゅーっと抱きしめる両腕を、麗《うるわ》しの風紀委員長はにっこり笑って、分厚い名簿でバシンと叩《たた》いた。

「スーパーの特売品。許可なく車で登校するのは校則違反だよ、樋口。そのピアスも外すようにね。はい、生徒手帳」

「ちぇー。久しぶりに会ったってのに色気ねえなあ。せめて、五日も会えなくてさみしかったよ、くらい云ってよ、朔夜さん」

手の痛みなどものともせず、つややかな髪にグリグリと顔を押しつける。後輩の乱行をまるきり黙殺して制服チェックを続ける朔夜。そんな二人を遠巻きに眺めつつ、生徒たちが続々と校門に入っていく。

「あれ、そうだっけ？　五日も休んでた？」

「えーっ、そりゃないっスよー。先輩、冷たい。おれのこと嫌いなのかよ」

「宮田《みやた》先生が嘆いてらしたよ。とうとうサボリ魔復活かって」

「風邪ひいて寝込んでたんスよ。病み上がりに満員電車はキツイでしょ？　そんで送ってもらったの。だから見逃して～」

「だめ。おはよう、君、ネクタイはきちんと締めるようにね」

花の笑顔で注意を受けた一年坊主が「はい……」と顔を赤らめた。あんなのに特上の笑顔見してやることないのに。いささかムッとして、華奢《きゃしゃ》なうなじにぎゅうっと顔を埋《うず》めると、遠巻きに女子生徒の歓声が上がった。

「やーっ、草薙先輩、また恭介に襲われてるーっ」

「キョースケぇ、キスしちゃえーっ」

無責任な声援を受け、

「では、リクエストにお応えして……」

んーっ、と突き出した唇を、名簿がブロック。黒い表紙にぶちゅっとキス。

「あーっ、おしぃーっ」

黄色いブーイング。朔夜はほの白い花のような美貌《びぼう》に苦笑を浮かべる。

「バカ云ってないで教室に入って。じき予鈴が鳴るよ」

「ハーイ」

「その一年生、黒いソックスは違反だよ。購買で買って履き替えるようにね」

「ハーイ、すみませーん」

きゃっきゃっと弾む足取りで駆けていく女生徒たちのひそひそ話が、風に乗って聞こえてくる。

「恭介先輩、マジで草薙サマ好きと思う？」

「えー、けど恭介先輩カノジョいるっしょ？　さっきのフェラーリ見たぁ？」

「見た見た！　運転してたのスッゴーイ美人」

「彼女ってゆーか、パトロン？」

「やだーっ！　本命は草薙サマよぉーっ」

「……ってさ。みんなああ云ってることだし、おれたち、この際くっついちゃおーぜ。似合いのカップルだと思わない？」

「はいはい、そうだね」

あっけらかんと笑う美貌の、なんて憎らしい、愛らしい。

「ちぇーっ……ぜんっぜん本気にしてくんねーんだもんな。こ～んなに愛してんのに」

「はいはい、どうもありがとう」

「な～、せんぱ～い、いい天気だしさ、授業さぼってホテル行こ？」

「病み上がりで電車にも乗れないんじゃなかったか？」

「んなの、先輩があっためてくれたらすぐ治っ……あだだっ⁉」

柔らかな黒髪にすり寄せた耳朶を、誰かが横からグイッとひっぱった。

薄いゴマ塩頭が、二十センチ眼下で光っていた。トレードマークの黒ブチ眼鏡。生徒指導部のミヤッチこと、宮田教諭だ。

「あ、宮田センセー、はよーっす」

「なーにがはよっすだ、五日も無断欠席しやがって。なんだ、そのネクタイは。ちゃんと締めろ、だらしのない。それにピアスは外せと何度注意されりゃわかるんだ、ああ？」

「い、いでででっ。セ、センセ、耳がちぎれちゃうってっ」

「無断欠席は反省文三十枚だ。ホレ、一緒に。草薙、あと頼むぞ」

「はい、先生」

小柄な宮田に耳朶をひっぱられ、恭介は中腰の情けない格好で連行される。

「ちぇー、ついてねーの。先輩、またあとでねー」

「はいはい。いってらっしゃい」

盛大な投げキスに、朔夜がにっこり、手を振り返す。

いまや東斗学園名物として知らぬ者のない、朝の一幕。


「樋口！　学校休んで銀座のホステスと香港《ホンコン》で豪遊してたんだろ？」

「女子大生とハワイだよな、なっ？　頼む、一週間分の昼メシ代かかってんだよ」

朝っぱらから生徒指導室でこってり絞られ、一限めの本鈴ぎりぎりセーフで教室に滑り込んだ恭介に、クラスメートがわらわらと詰め寄ってきた。

「なんだよ、おまえらまた賭《か》けてんのか？　残念でした。風邪ひいて腹壊して四日間便所で唸《うな》ってた。今年の風邪はタチ悪いから、キミたちも気をつけたまえよ」

「嘘だ！　嘘だと云え！　ハワイでやりまくってたんだろ⁉」

「知るか。人を賭けのネタにするなっての」

「うわあああ！　おれの昼メシ代があぁぁ〜〜っ！」

「はよ、まり子。休んでた間のノート見して」

陽当たりのいい窓際の一番後ろの席。机に頰杖《ほおづえ》をついて校庭を眺めていた麻生《あそう》まり子が、

恭介を見上げた。

「おはよう。春風邪はバカしかひかないっての、本当ね」

ゴージャスなロングヘア。勝ち気な美貌とグラマラスな早熟の肢体は、少女と女の微妙な狭間《はざま》。恭介と並んで、凶悪に制服が似合わない女だ。

「なんだよ、おまえも賭けてたのか？」

「風邪で寝込んでる、に一口。ちなみに一番人気は、売れっ子ホステスと香港。おかげで大穴」

「他の女とはとっくに切れてるっての。おれ、朔夜さん一筋だもん」

机の上に、長い脚をどかっと放り出す。既製の椅子も机も、一八六センチの体にはいかにも小さい。

「だいたい、いまさらハワイだの香港だの。行くならタヒチか与論《よろん》だね。朔夜さんと珊瑚《さんご》礁《しょう》の島でランデブー……くはー、夢のようー」

「ほんと、夢のまた夢ね。当の草薙先輩にまともに相手されてないようじゃ」

「……んだよ。いいだろ、夢くらい見せろよ。まり子の鬼。いけず」

「はい、ノート」

「サンキュ。まり子、やさしー。きれー」

「一教科千円」

「はぁ？　なんでだよ、こないだまで五百円だったろ」

「値上げしたの。いろいろ不景気で」

「やっぱ鬼だ……」

ぶつぶつ言いつつも財布を開く。まり子のノートは有名予備校の人気講師顔負けだ。一年生のとき、ぎりぎりの出席日数だった恭介がそこそこの成績を取れていたのも、このノートの賜物《たまもの》といってもいい。

財布の中からついでにバンドエイドを取りだして、適当な大きさにカッターで切り、耳朶のピアスをカバーした。手慣れた作業をまり子が呆《あき》れ顔で見ている。

「家で貼ってくればいいのに。宮田先生うるさいし、先輩にだって注意されるでしょう」

「そー。注意してくれんのよ。あの美声で、やさーしく『恭介、ピアスは禁止だよ。ぼくが取ってあげるね……唇で』……なーんちって！　かーっ、たっまんねーっ」

机に突っ伏して身悶《みもだ》える一八六センチのホスト顔から、まり子は弓なりの眉を冷ややかに上げ、顔を背けた。

「アホ」

一目惚《ひとめぼ》れだったのだ。

一年の三学期、進級テストを数日後に控えた二月のある日——樋口恭介は、南校舎二階の生徒指導室で、教務主任である宮田教諭のゴマ塩頭と向き合っていた。

「なあ、樋口よ。おまえなあ。学校ってところは、テストの成績がよけりゃいいってもんじゃねえんだぞ?」

窓から差し込むぽかぽかした陽差しに、つい眠りを誘われて、宮田の説教も遠く聞こえる。ちょっと気を抜くと首がカクッと落ちそうだ。さすがにこの状況で居眠りはまずい。

「すんません……」

と、しおらしくうなだれ、下を向いてあくびをする恭介の額に、宮田が出席簿を突きつける。

「これ見てみい。一学期の欠席が十日、遅刻二十四。二学期が欠席二十三に遅刻十六、早退十二……今学期はもう十七日も欠席してるじゃねえか」

「なんだ、まだそんなもんか」

「バカモン。三学期は六十日しかねえんだよ」

問題児の頭を出席簿の角で小突いて、教務主任は、はあぁと大きく肩を落とした。

「おれァ悲しいよ、樋口。せめて欠席だけでも、この三分の一に減らせんもんか」

「ほんとですねえ」

「他人事《ひとごと》か！」

バコッ。

「いってー……ちょ、手加減してよ。頭変形したらおムコに行けなくなっちゃう」

「まったく。そんなに暇ならクラブ活動でもしちゃどうだ。水泳は？　確か中等部じゃいい記録出してただろう」

タイムは良かった。ただ基礎練習を真面目にやらないので、顧問には目の敵《かたき》にされたが。泳ぐのは好きだから、部を辞めた今でも週三回はジムのプールに通っている。

「夜のクラブ活動ならねー。あ、よかったらセンセも今度ご一緒に」

「バカモン。そういうことは校外で云え」

照れたような咳《せき》払い。宮田のこういうところが恭介は好きだ。

「とにかく、この欠席日数じゃ留年は免れんぞ。いっくらおれだって庇《かば》いきれんからな。今日から無遅刻無欠席無早退厳守！　春休みは毎日補習に出てこい、わかったな」

「いつもお世話をおかけします」

午後の授業開始を告げるウェストミンスター風の鐘が鳴り渡った。

机に散らばったプリントや名簿を重ねて宮田が立ち上がる。

「おい、来週までにこのプリントやっとけ。くれぐれも人にやってもらうんじゃねーぞ。おまえの悪筆は見りゃすぐわかるんだからな」

「へーい」

分厚いプリントの束を受け取り、恭介はぼりぼり頭を掻いた。指導室を出ると、予鈴に慌てた生徒たちが廊下を走っていく。

「こら、廊下は走らず急げ！　樋口、おまえもさっさと教室に――コラァ！　どこに行くか、樋口っ！」

宮田が怒鳴ったときには、問題児は二年の教室の廊下の角を、全力疾走で曲がったところだった。

「すんませーん、デートの約束遅れそうなんで早退しまーす！」

「デートだあ⁉　まだ五時間目だぞ！」

「出ますよ、明日っからね！」

「バッカモン！　待たんかコラァ！」

廊下にはまだまばらに生徒が残っている。恭介はそれをひらりひらりとかわして走る。目ざすは一階、東校舎、昇降口。

廊下側の窓から、二年生が顔を出す。

「おっ、樋口またミヤッチと追っかけっこしてるぜ」

「樋口くーん、がんばれーっ」

「きゃーっ、恭介ー！　逃げてーっ」

「ご声援セーンキュ！」

プリントの束でちゅっ、と投げキスを決めて、大きく膨らんで教室の角を曲がる。

そこに、テキストの山を抱えた男子生徒がいた。

「うわっ……!?」

「っと！」

スピードを緩めたが間に合わない。テキストが跳ね飛ぶ。ひっくり返りそうになった相手の腕をとっさに摑《つか》んで胸に抱き込み、勢い余って、壁にどすんと背中を打った。

「てて……。悪ィ。怪我《けが》ない？」

「……どうやらね。廊下は走っちゃいけないな」

胸の中から、上級生らしき相手が、柔らかなテノールでたしなめた。

すんません、ともう一度謝って相手の顔を確かめた恭介は——言葉を失《な》くした。

脊椎《せきつい》に落雷したみたいなショックだった。目は釘づけ、呼吸も忘れた。

咲き初《そ》めの桜花か、月下美人か。花びらの唇、理知の目もと。目鼻立ちの美しさは夜闇《よやみ》に匂うくちなしの花のように鮮烈でありながら、性的な色香を感じさせぬミルク色のユニセックスな顔を、光沢のある練り絹の黒髪がやわらかく縁取っている。ブレザーに包まれたしなやかな肩は、恭介よりも確実に二回りは細く、上背《うわぜい》はあるのにたおやかな印象があった。

「一年生？　早く教室に戻りなさい」

突如石の彫像と化した下級生に、彼は紫がかった不思議な色合いの瞳に苦笑を浮かべ、腰に置かれた恭介の手を優しく叩いた。

「どうした？　どこか打った？」

「おー、草薙っ！　そ、そいつを捕まえといてくれっ」

「宮田先生。どうなさったんです、そんなに息切らして」

「どーしたもこーしたも……ったく、このどあほうが！　いいかげんにせんか！」

ゼーゼー息を切らして追いついてきた宮田にポカリと頭を叩かれたのも、首根っこ摑まれて教室に連行されたのも、打った背中の痛みも、夢見心地で――

そう。まさに一目惚れだったのだ。


彼《か》の人の名は、草薙朔夜。一学年上の学年首席、全国模試では毎回五十番以内にランキングされる学園きっての秀才。風紀委員長、教師も一目置く優等生。特に毎朝行われる校門前の風紀チェックは、柔和な笑顔とは裏腹の厳しさで有名で、密《ひそ》かな仇名《あだな》は〝鬼の門番〟。東斗の生徒であの草薙先輩を知らないのは重役出勤の恭介くらいよと、さんざんまり子に笑われた。

しかし、麗しの上級生は恭介を知っていた。

「よく知ってるよ。重役出勤の樋口恭介っていえば有名だ。入学式の欠席理由に〝銀座のホステスとサイパン旅行のため〟って書いて提出したって逸話の持ち主」

放課後、校舎裏手の図書館の入口で、恭介は朔夜を捕まえた。

「光栄です。ならもっとよく知り合いませんか。先輩後輩抜きにして」

いかめしい木のドアに追い詰め、顔の両脇に手をついて挟む。キスを迫るように顔を近づけても、朔夜は動じず、つかみどころのない微笑で恭介を見つめ返してきた。

紫がかった目。細い鼻梁《びりょう》。片手で包み込めそうな輪郭。ここまでアップに堪《た》える顔は、そうお目にかかれるものじゃない。

「先輩、いま、恋人います？」

ささやくように唇を近づける。

「どうして？」

唇の両端がわずかに上向きにカーブして、笑っているような印象を与える。なんだっけ、こういうの。そう、アルカイック・スマイル。キスしたいな、ダメかな……迷うなんてらしくない。

まいったな、もしかしておれ……マジになってる？

生まれて初めての展開に、これまでになく胸が高鳴る。

「もしいるなら、名前教えて。一言挨拶《あいさつ》しておきたいから」

「挨拶……って？」

「ライバル宣言」

涼しい眉間《みけん》が怪訝《けげん》そうに曇った。いいね、その顔。美人はなにしてもいい。

恭介は満足してにっこり笑い、出入り口を塞《ふさ》がれて立ち往生する生徒たちの面前で、世紀の大告白をかましたのだった。

「あんたに惚れました。草薙先輩……いや、朔夜さん――おれの恋人になって？」

風よりも素早く奪った唇は、吸い込まれるような柔らかさ。次の瞬間ひっぱたかれた左頬の痛みとともに、深く恭介の胸に刻み込まれた。

あれから三ヵ月。二人の関係に、いまだ進展ナシ。

2

「セーンパーイ」

放課後、昇降口に向かう生徒でごった返す東校舎の階段。黄色い声が恭介を呼び止めた。

よく見る顔の一年生三人組が、仔犬《こいぬ》のようにじゃれついてきて、調理実習で作ったというパウンドケーキの包みを恭介の手に押しつける。

「先輩、先週、彼女とハワイ行ってたってホント？」

丸顔のポニーテールの無邪気な質問に、恭介は苦笑した。今日は一日中どこ行ってもこれだ。

「風邪ひいて寝込んでたんだって。誰だよ、んなデマ流したの」

「まり子先輩が云ってたんだよぉ。なーんだ、嘘なの」

「まり子が？」

あいつだったか、デマの元は。さては一人勝ちだな、まり子め……なんか奢《おご》らせちゃる。

「じゃーなんで無断欠席したの？」

「ガッコの電話番号わかんなかったから」

「うっそー。生徒手帳に書いてあるってー」

笑い崩れながら、キャラクターもののピンクの封筒をくれた。

「これ、いつものやつ。体育の時間とね、化学の実験中のだよ」

「サンキュ」

彼女の兄は、草薙朔夜と同じクラス、隣の席だ。おかげで恭介には拝むことのできない、貴重な授業中の隠し撮り写真が手に入るというわけ。

「いっぱい溜《た》まったでしょ？　それどうするの？　アルバムに貼るの？」

「一枚は定期の中。残りのは毎晩枕の下に入れて寝てんの。好きな人の夢が見られるんだぜ。知ってた？」

「そんなことしてんのー？　先輩かわいーっ」

きゃーっと笑い崩れる三人娘。……んなわきゃねーだろ。恭介は貴重なズリネタを、大切にブレザーの内ポケットに収めた。こんな写真と右手にお世話になるなんて、童貞捨てて以来だよ。我ながら、切なすぎて涙が出そうだ。

「先輩、頑張ってね。一年の女子、みーんな応援してるから！」

「なんだ、ヤキモチ妬《や》いてくんねーの？」

「だって、ヘンな女に取られるより、男二人でくっついてるほうが目の保養だもん」

「草薙先輩、超美形だし。ねー？」

そういうもんなのか？　最近の若いモンはよくわからん。

「恭介」

取り囲んでいた輪の後ろから、甘いトーンの声が恭介を呼んだ。

外巻にカールした髪、お嬢さまっぽいムードの美少女が鞄を抱えて立っていた。三年の牧《まき》野《の》涼《すず》香《か》。最上級生の登場に、一年女子は蜘蛛《くも》の子を散らすように逃げていった。

「今日は登校したのね。五日もどうしてたの？　最近ずっと学校サボってなかったのに」

「風邪ひいて寝込んでた」

「ハワイでしょ？　それか香港」

恭介は右肩を竦めた。いいかげん、火消しも面倒だ。

ラッピングされたパウンドケーキを手の平の間で軽くキャッチボールしながら、階段を下りる。涼香が後ろから追いかけてきた。

「べつに風邪でもいいけど。もう元気なんでしょ？」

「ああ」

「今夜会わない？　今日うち、親がいなくて夕食は外ですませてきなさいって云われてるの。あたしタイ料理が食べたいな」

「悪い、パス。空いてない」

「じゃあ明日」

「明日も明後日《あさって》もその次の日もずーっと永遠に」

「……冷たいのね。下級生にはあんなに優しくしてるくせに」

「よそうぜ。学校じゃそういう話は」

「じゃあどこで話すの？　電話にも出ないし、学校しかないじゃない」

「話はもうとっくにすんでるはずだろ？」

人気のない渡り廊下。裏手のグラウンドから、ランニング中の野球部のかけ声が聞こえてくる。恭介は溜息《ためいき》をついて、後ろをついてくる涼香と向き合った。

「涼香さん。おれ、初めに云ったよね。あんたとは本命が見つかるまでの遊びだって。お互い納得したつき合いだったはずだけど」

「そうよ。けど食事くらいいいでしょ」

「悪いけど、あの人に誤解されるようなことはしたくないんだ。風邪で休んだだけで妙な噂立てられて迷惑してるんで。まー、これまでのおれの素行考えたら自業自得だけど」

「……恭介の本命って、誰？」

「それもこの間話しただろ」

「草薙朔夜？　なにそれ。まさか本気で云ってるの？」

涼香は軽蔑《けいべつ》を滲《にじ》ませた眼差《まなざ》しで恭介を睨《にら》み上げた。

「最低。いい加減にしてよ。そんなつまんない嘘……要するに、もう飽きたってことでしょ。

だったらはっきりそう云えばいいじゃない。バカにしないで」

「いや……涼香さんをバカにしたわけじゃないよ。そう聞こえたならごめん」

恭介は頭を掻いた。

「じゃあなに。本当に草薙朔夜に本気だって云うの？」

「本気だよ。っても、まだおれの片想いだけどね。涼香さんも早くそんな相手見つけなよ。おれみたいな最低男、涼香さんには釣り合わない」

ピシャッと左頬を叩かれた。唇を噛《か》み締めた涼香が、踵《きびす》を返して渡り廊下を駆け戻っていった。


中庭を突っ切るか、鍵さえ開いていれば特別校舎棟を抜けていくのが、図書館へは早道だ。

壁に蔦《つた》を這《は》わせた、二階建ての古めかしい赤煉瓦《れんが》造り。大正時代の建築らしく、幾度も改装を加えられているが、いまも入口の扉や装飾に当時のデカダンの趣を残している。

利用者はまばらで、眼鏡美人の司書が貸出しカウンターで暇そうにしていた。

「やあ、五日ぶりだね。風邪でもひいてたの？」

「そー。高熱でぶっ倒れて唸ってたのに、巷《ちまた》じゃおれハワイに行ってたことになってんだぜ。

ひでえよな」

「なんだ、ホントに風邪か。香港に昼メシ代賭けてたのに」

「先生もかよ……だからまり子の云うこと信じちゃだめだって」

貰《もら》い物のパウンドケーキと、途中で買ってきた缶コーヒーを賄賂《わいろ》代わりに手渡すと、甘党の司書先生はにこっとして、カウンターの奥を目で指した。

「草薙くんはまだだよ。奥で待ってたら」

「サンキュ。お邪魔しまーす」

カウンター奥のインクの匂いの染みた小部屋は、書庫も兼ねている。壁一面のパイプ書棚に、古びた本が修繕され現役復帰するのを待っていた。

草薙朔夜はこの部屋の常連だ。図書委員ではないが、司書の手伝いをしているうちに主《あるじ》より主らしい顔で過ごすようになったらしい。放課後ここで張っていれば、まず間違いなく彼に会える。

窓を開けて、黴《かび》臭い空気を入れ換える。すると、本校舎から続く屋根つきの渡り廊下を歩いてくる、すんなりしたシルエットが見えた。

思わず窓から身を乗り出した恭介の眉間に、縦皺《たてじわ》が寄る。彼は小柄な男子生徒となにやら楽しげに談笑中だった。遠藤《えんどう》とかいう風紀委員の一年生だ。この三ヵ月で朔夜の周囲にいる人間の顔はすっかり覚えた。

二人は渡り廊下の途中で立ち止まった。一年坊主が、おずおずと朔夜に差し出しているのは……

「さっくやさあぁ～ん！」

二人がびっくりして振り返る。恭介はさらに大声で叫んだ。

「コーヒー冷めちゃうよ！　一緒に飲むって約束したっしょー！　早くー！」

窓から身を乗り出してぶんぶん両手を振る恭介に、朔夜が困ったような苦笑を浮かべる。

遠藤は気まずそうに朔夜に早口でなにか云うと、校舎へ走り去った。声は聞き取れなかったものの、両目二・〇の視力は、朔夜が受け取った封筒をブレザーの内ポケットにしまうのをしっかり捉えていた。

「樋口とコーヒー飲む約束なんかしてたかな」

しばらくすると、朔夜が司書室へ入ってきた。恭介が放った缶コーヒーを片手でキャッチする。

「なんだ、アイスコーヒーじゃないか。これって冷めるの？」

「ホットがよかった？　超猫舌の朔夜さんのためにわざわざアイスにしたのにな」

「お気遣いありがとう。でも図書館内は飲食物持込禁止だよ」

プルタブに指をかけて云う。リベラルで人気の司書先生だが、館内飲食のお目こぼしに与《あずか》れるのは、朔夜と、なぜか気に入られている恭介の二人だけである。

「ケーキもあるよ。一年の子が実習で作ったやつだから、味は保証しないけど」

「また差し入れ？　モテるね、樋口は」

「そー、モテモテ。おれの魅力がわかんない頑固者は朔夜さんくらいだよ」

「頑固って云うかな、それって？」

恭介はパウンドケーキを毟《むし》る朔夜の指にうっとりと見とれる。細くてしなやかで、同じ男の指とは思えない。

たぶん骨格が華奢なんだろう。身長は一七七センチあるのに、ほっそりとした身体はどうかすると女性より可憐《かれん》に見えることがある。

「なに話してたの？　さっきの一年坊主と」

デリケートなラインの肩を、椅子の背もたれごと後ろから抱きしめる。うなじの柔らかな部分に息を吹きかけたのに、敵はまったく動じずケーキをぱくつきながら、

「今度の予算委員会の打ち合わせ。彼も一年代表で同席するんだよ」

「へーえ。じゃあこれは？」

ブレザーの内ポケットからスルッと封筒を抜き取る。神経質そうなチマチマした字で、草薙朔夜先輩、と表書きされた白い封筒。

「先輩お慕い申し上げております。ってか」

「樋口」

「あいつ、おとなしそうな顔して伏兵だな。気をつけてよ、先輩」

「なにを？」

封筒を奪い返して朔夜が訊《き》く。恭介はぐりぐりと朔夜のうなじに額を押しつけた。甘いシャンプーの匂い。

「だって、一緒に鍵見回りとかすんでしょ？　暗がりに連れ込まれてやられちゃったらどーすんだよ。心配だなー。おれも風紀委員に入るんだった」

「サボリの帝王が風紀委員じゃ示しがつかないよ」

「おれ今学期、まだ無遅刻無早退だもーん」

無欠席といえないのがつらいところだ。あの五日間が痛い。

「それが普通だよ。自慢できることじゃないね」

笑いながら、美しき風紀の鬼は、肩に抱きついた恭介の手をパチンと叩いた。真っ白な封筒を大切そうにポケットに戻す。

「それに万が一なにかあったとしたって、十センチも背の低い一年生に襲われるほど柔じゃないよ」

「どーだか。朔夜さん、泣いて拝まれると嫌って云えないタイプだろ」

「そんなことないよ」

「いーや、そうだね。絶対」

「確信に満ちた発言のわりに、樋口は泣いて拝んだことないね。どうして？」

「……どうして、って」

虚を衝かれて口ごもった恭介に、朔夜は不思議そうな目を向けて、胸ポケットの眼鏡をかけた。

「変わってるね、樋口は」

後ろの書棚の一冊を手に取り、それきり読書に没頭してしまう。

ゆっくりと視線を雑木林の緑へ逃がして、恭介は溜息をついた。……っとに。ぜんっぜんわかっちゃいない。

「サボリの帝王」が、無遅刻登校、無早退、職員会議の議題に取り上げられるほど変身した理由。二十人以上の女もきれいに整理して、いまや「恭介を捜すなら草薙朔夜を囮《おとり》にしろ」だの「草薙のいるところ恭介の影あり」だのとまでいわれる金魚のフン、身も心も朔夜一筋に捧げつくしてるってのに。

「愛してるよ」と何度甘く囁《ささや》いても、抱き締めても、「ハイハイ。ありがとう」……にっこり。

（清純つーか、天然つーか……）

そしてそこが最大の壁だ。この樋口恭介をして、いまだにキスすらできない原因。だいたい、どうしてもなにも、拝んでやらせてもらったってしょーがねえだろっての。

いきなり男に好きだって云われて、まともに受け取れないのかもしれないけど。毛嫌いされるよりはマシなのか？　おれだったら蹴り倒して全力で逃げるし。

けど、嫌がられるならまだしも、相手にもされないんじゃ勝負のしようがない。

カサリとページをめくる音。

読書に集中する怜悧《れいり》な横顔。無防備な背中。手を伸ばせば触れる距離——しかも密室に二人きり。今までの恭介だったら、ちょっといいなと思う女とこんなシチュエーションになったら、電光石火でキス以上に進んでいる。

それが指を咥《くわ》えて見てるだけなんて、我ながら有り得ないよな。このおれが、男に一目惚れとか、横顔を見つめているだけで胸が苦しくなるとか。涼香になじられるのも無理もない。

ひとつだけ確かなのは、朔夜は今まで付き合ってきた他の誰とも違うってことだ。拝んで一回お願いしてすっきりするような——これまでみたいな、肉欲だけの思いじゃないのだ。

見てろよ。じっくり攻めて、いずれはおれなしじゃ夜も日も明けない体にしてやる。

「朔夜さん」

後ろからそっと近付いて、耳もとに囁く。

「今夜、空いてる？　一緒にメシどう？」

「予定があるから」

「またぁ？　こないだもそんなこと云って逃げたじゃん」

「逃げたわけじゃ……。ほんとに先約があるんだよ」

「先約って？　まさかデートじゃないですよね」

ケーキをつまもうとした朔夜の手を摑み、パクッと自分の口に入れる。

「だったらおれ、邪魔するからね。テッテー的に……うっ……ええぇぇぇっっっ」

慌てて窓に駆け寄り、頬ばったケーキを吐き出した。

「どうしたの？　大丈夫？」

「どうしたって……ちょ、それ！」

「え？」

「ケーキ！　すっげえしょっぱい！　おえーっぺっぺっ」

「しょっぱい？　まずいの？」

まずいもなにも、缶コーヒー一本飲みきってもまだ塩っ辛さが消えない。おまけにバニラ風味。だが朔夜はけろりとして、残りを平らげてしまった。

「よく食えるね、そんなもん……」

「昔から好き嫌いはないんだ」

「いや、それもう好き嫌いの範疇《はんちゅう》じゃないって。ひょっとして味オンチ？」

「そうかも。不味《まず》いとか美味《おい》しいとか、よくわからないんだよ」

「へー。朔夜さんの秘密、一個ゲットだな。他には？　まだなんか秘密ありそうだよね」

「ないよ、そんなもの。そういうのは、君の得意技だろ？」

チョイチョイと指で呼ぶ。え、なになに？　と嬉しげにひょこひょこ顔を近づけてみれば、

「いでっ」

「ピアスは校則違反。いったい何度云えばいいのかな」

バンドエイドをピッと剝《む》き、耳朶をギュッとひねり上げる。

「み、見逃してー」

「だめ。はい、生徒手帳」

「んなに減点ばっかされたら留年しちゃうって。あー、そーか、先輩はおれが留年してグレちゃってもいいんだ？　後輩を正しい道に導くのが風紀の役目なのに。……先輩、おれのこと嫌いなんだ」

「そんなことは云ってないだろ。ただ規則は規則だから……」

「いーや、ぜったいそうだ。嫌いだからおれなんかどうなってもいいんだ。退学したおれがヤクの売人になってやくざの抗争に巻き込まれてセンター街でゲロまみれの死体になっても先輩は良心が痛まないんだ。そうなんだ」

「樋口がそんな死に方するようには思えないけど……。それにどっちかっていうと、ヤクの売人よりホストじゃないか？」

「うわああーん！　先輩はおれがホストになって女に貢がせるサイテーな男になってもいいんだあぁ！　骨までしゃぶって挙げ句に横領までさせて〝三億円横領ＯＬの陰にホストがい

た〟ってマスコミに追っかけられても平気なんだーっ。テレビに出てオレをこんな男にしたのは高校の先輩ですって全国放送で云ってやるーっ！」

「わかったわかった。今回だけだよ。……まったくうまいんだから、樋口は」

「口のうまさに関しては折り紙つきです。お試しになりますか？」

中世のナイトよろしく片膝《かたひざ》をついて右腕を胸に折る恭介に、朔夜は顎《あご》に細い指を当てて考え込む。

「うん……それ、いいね」

「えっ……」

レンズ越し、潤んだような瞳がじっと恭介を見つめる。今度こそ心臓が裏返った。ゴクリと生唾《なまつば》を呑《の》み込む。

「さ……朔夜さん、おれっ……！」

「今度の予算委員会、君が出てくれたら圧勝だと思うんだ。頼んであげるから、図書委員の代打で出てみないか？　修繕費用で毎回かなり揉《も》めるんだよ。図書委員長ってどうも代々、気が弱くてね。……どうしたの？」

うつ伏せに床になついた恭介を、朔夜は不思議そうに見下ろした。

「…………先輩……絶対わざとだろ…………」

3

〝TOMAMU《トマム》〟には、恭介が先に着いた。

ここは静かに酒を飲ませる品のいいバーで、恭介は以前付き合っていた年上の女性に何度か連れてきてもらったことがある。女のウエストの曲線を思わせる大きなマホガニーのカウンター。柔らかな照明。心地いい音楽。

（ここに朔夜さん座らせたら映えるだろうな……）

そんなことを考えながら隅のテーブル席で飲んでいると、遅れること十分、ひまわり色のワンピースのまり子が、月岡《つきおか》と共にやってきた。

ただでさえ人目を引く美少女と、ドラえもんを縦に引き伸ばした感じの肉づき豊かな中年男のアンバランスなコンビは、まるで美少女モデルとマネジャーだ。

「今日はずいぶん賑《にぎ》やかだね」

常連の月岡が、オーダーを取りにきた顔なじみのスタッフに声をかけた。云われてみれば、カウンターもテーブルもほとんど満席で、若い女性客が多い。女子大生やOLが押しかける類《たぐ》いの店ではないはずだが、休日前だからだろうか。

「申し訳ありません、このところ週末はいつもなんです。最近入ったアルバイトがいまして、ほとんどの方がその子目当てで……」

「ああ……あの子のことかな」

「月岡さん、知ってるの？」

「うん、遅い時間に時々見かけるんだが、なんていうか……ちょっと独特のムードがある、きれいな子だよ」

「え？　なになに？　どの子？」

「なーによ、草薙先輩一筋じゃなかったの？　だいたいきれいったって男でしょ？　あ、いいのか、恭介は女に飽きてホモに宗旨替えしたんだもんね」

「ああ、そうらしいね。それなら気に入るんじゃないかな」

まり子がからかうと、月岡がのってきた。月岡は三十六歳、有能な弁護士で、まり子とは家族ぐるみの兄妹のようなつき合いだ。恭介のダイビング仲間でもある。

「やめてよ、月岡さんまで。おれはべつにホモになったわけじゃないですって」

「でも学校の男の先輩に夢中で、つきあってる女の子をみんな振っちゃったんだろ？　そういえば、〝ロンド〟のひろみちゃん、最近恭介くんが電話にも出てくれないって泣いてたよ」

「すずえママとも別れちゃったんだって」

「ええっ？　すずえママとも？　本当に？」

一重《ひとえ》の目が真ん丸になる。やっぱドラえもんだ。

「へええ……どんな子なの？　可愛い感じ？　それともこう、やっぱりガチムチな」

「ちょ、勘弁してよ、だからそういうことじゃないって。たまたま好きになったのが男だっただけ。あとにも先にも、男を好きになるのはあの人だけだよ。男とか女とか関係なく、あの人だから好きになった、それだけ」

恭介の熱弁を、月岡はニコニコと聞いている。恭介は急に気恥ずかしくなって、グラスを口に運んだ。朔夜のことになるとどうしても熱くなってしまう。

「きっと魅力的な子なんだろうね。

「まあね。有名人だし」

まり子は興味なさそうに頬杖をついて、旅行会社のパンフレットを捲《めく》りはじめた。

「有名人？」

「恭介と正反対の意味で。成績優秀の風紀委員長。間違っても銀座のホステス口説いたり、こんなバーに出入りしたりしないガッチガチの優等生」

「なんだよ、棘《とげ》あるなー」

「でも本当のことでしょ？　確かに顔はきれいだけど、ああいうタイプって苦手。いつもニコニコしててなに考えてるのかわかんないし」

「ずいぶん真反対のタイプだねえ。で、どう？　脈はありそう？」

「ぜーんぜん。脈どころか相手にもされてない」

「うっせー、まり子。これからなんだよ、これから！　あの人はちょっと口説かれたくらいで自分からほいほい脱ぐような軽い人じゃねーの」

「あ、恭介くん、彼だよ。新しいバイトの子」

月岡が指したのは、すらりとしたウエイターの後ろ姿だった。

「いーすよ、おれは。朔夜さん以外興味ないから」

「君からそんな台詞を聞ける日がくるとはねえ」

月岡が感慨深げに顎下の肉を撫でた。

「なんとでも云ってください」

「いやいや、嬉しいんだよ。君が本気で一人の人を好きになって追いかけるなんて、今までなかったことだろ？　上手《うま》くいくことを祈ってるよ」

「サンキュ、月岡さん」

カチン、と男同士グラスを合わせる。件《くだん》の人気アルバイトをじろじろと観察していたまり子が、意味深な目つきで恭介を振り返った。

「……けど意外と、ああいうタイプに限って裏があったりしてね」

「ないね。朔夜さんは裏も表も真っ白なの」

「そうかな。夜のバイトとかしてるかもよ？」

「ないない。校則が制服着て歩いてるようなガッチガチの優等生だぜ。おれやおまえと違って間違っても夜遊びなんかしねーし、化粧もピアスもNG。それどころかこんな店で酒飲んでるのなんかバレたらミヤッチにチクられて一発で退学……」

「失礼致します。マティーニのお客様は……」

……え？

この声——

まり子がにやにやしている。ガバッと振り向いた。

「あ……あぁーっ⁉」

ベストに蝶《ちょう》ネクタイの由緒正しいウエイター姿。銀盆にグラスを載せて、草薙朔夜が目を真ん丸に見開いていた。

「……まいったな」

朔夜は額に上げた黒髪を、しきりに指で梳《す》いている。

裏口の非常階段。青白い街灯が、物憂げな横顔を浮かび上がらせる。五月の宵《よい》、吹き上げる風が生温かい。

恭介の黒いシャツが、風を孕《はら》んで翻った。

「週末だけアルバイトしてるんだ。ここの経営者が父の知人で……人手が足りないからって、頼まれて」

プレスの利いた白いシャツに黒いベストが細身の体によく似合っている。よくあるバーのお仕着せなのに、朔夜が着るとどんな安物でも誂《あつら》えたみたいに見えるのは、惚れた欲目のせいじゃない。本当に朔夜は……きれいなのだ。

朔夜のほうへ流れないよう気を配りながら、恭介はビルに切り取られた四角い夜空へ煙草の煙を吐き出した。

「いかなる理由があるとも生徒の金銭的労働を認めない。校則八十一条」

「……知ってる」

朔夜は途方に暮れた顔で目を伏せる。白い頬に青白く落ちるまつ毛の影。

(だめだって……そんな顔、無防備に見せちゃ)

いつになく頼りなげな朔夜の姿に、恭介は内心の高揚を隠せない。広く開いた襟元《えりもと》から覗く、色っぽい鎖骨……いかん。顔がニヤけちまう。

「先輩も隅に置けないなあ。夜のバイト、しかも水商売。いつから？」

「……去年のクリスマス」

「へーえ、半年も。ミヤッチがなんて云うかなあ。よくて謹慎、悪きゃ……」

「君と麻生さんだって同罪だろ。こんな時間にバーに出入りして、酒に煙草に」

「おれたちは保護者同伴だし、もともと優等生じゃないしー」

沈黙が降りる。きゅっと下唇を噛む、思い詰めたような横顔——恭介は苦笑し、煙草の火種を階段の手摺《てす》りに擦《こす》り付けた。

「苛《いじ》めてごめん。云わないよ、誰にも」

朔夜の強張《こわば》りが目に見えて解けた。白い可憐な花が綻《ほころ》ぶように、ふわりと笑う。

「ありがとう……助かるよ」

ったく、だからダメだって、そんな顔しちゃ。……もっと苛めたくなるだろ。

「あー、でも、おれって口が軽いから、なにかの弾みでぺろっと喋《しゃべ》っちゃうかも」

「君がタダで忘れてくれるとは思ってないよ。条件は？」

「さすが朔夜さん。おれの性格読んでるね」

街灯にほの白く照らされた細い顎に、指をかけて仰向《あおむ》かせ、怪訝そうな朔夜の耳もとに、そっと唇を近づける。

「ここで見たことは全部忘れる。その代わり……キスして？」

紫色を帯びた瞳が見開かれた。怒った顔で恭介の指を顎から外す。

「ごめん、冗談……」

「一回だけだぞ」

「はい？」

恭介は目をぱちぱちさせた。

……いま、なんつった？

「その代わり、ここで見たことは全部忘れるね？」

「忘れる忘れる！　ソッコー忘れる！　……え、でも、うそ、マジ？」

「目……閉じて」

羞《は》じらうように視線を逸《そ》らす。目もとがほんのりと紅色を帯びて、たまらなく色っぽい。

「はっ、はい！」

慌てて目を閉じかけて、はたと我に返った。リードされてどうすんだよ！

細い首の後ろに右手を回し、華奢な顎にそっと指を添えた。

（う、わ……マジかよ……）

おれ、手が震えてる……？

ゆっくりと近付く唇。朔夜の吐息が、鳥の羽先のように頬をくすぐる。心臓がドクンと脈打った。ガチガチに強張った自分のものじゃないような唇を、目を閉じてキスを待つ朔夜の唇に、そっと触れ合わせた。

とろけるように柔らかかった。

これが、朔夜さんの唇……。キスしてる……あの朔夜さんと……。

まるで全身の血が沸騰したように、カアッと頭の中が熱く、白くなった。唇を吸う。右手で支えていた朔夜の首が、ぴくっとのけぞった。薄目を開けると、胸のあたりでぎゅっと手を握り締めている。驚かせないつもりだったのに、そんな初々しい仕種《しぐさ》を見たとたん、歯止めが利かなくなった。

夢中で朔夜の舌を誘い出して貪《むさぼ》った。押しつけた下肢が反応する。離れようとする朔夜の背中を強く抱き寄せ、搦め捕った舌を咬《か》んだ、刹那《せつな》——

突然、朔夜が、応えた。

「は……」

角度を変えて何度も唇を重ねあった。朔夜は恭介がひるむほど情熱的に求めてきた。挑み、かわし、誘ったかと思うと逃げる。

まるでセックスみたいな激しいキス。追いかける恭介は、甘い蜜《みつ》の海で溺《おぼ》れかけ——

「っ……朔夜さ……ん?」

なにかが靴をカリカリ引っ掻いている。ニー、と小さな鳴き声。見下ろすと、恭介の足もとに猫が体をすり寄せていた。

「あ……こら。おいで」

朔夜が猫を抱き上げた。白と茶のブチ。まだ子供だ。

「うっわ、かっわいー。店の猫？」

「いや、野良だと思う。首輪も付けてないし。ほんとはうちで飼えればいいんだけどね、マンション、ペット禁止なんだ」

朔夜は学校から徒歩十分のマンションに、父親と二人暮らしだ。父親は海外出張が多く留守がち。なんでも著名なジャーナリストらしい。

これは生活指導の宮田から仕入れた情報だ。どんなことでも朔夜のことが知りたくて、同級生にあれこれ聞き回ったのだが、誰の答えも同じようで……いわく「あんまり彼、自分のこと話さないから」。

人当たりが良く、陰口も悪い評判も聞かないし、後輩からも慕われている。ただし特に親しい友達もいない。誰とでもまんべんなく、浅く広くのおつきあい。

どことなくミステリアスな朔夜。味オンチといい、夜のアルバイトといい、まだまだ秘密がありそうだ。……あのキスといい。

(びっくりさせてくれるよな)

豹変《ひょうへん》っていうのか。蕾《つぼみ》みたいに固かった唇が、突然花開いたみたいに。体の芯がまだ疼《うず》いている。

「どうしたの。さっきご飯あげただろ？」

朔夜がとろけそうな顔で、ニーニー鳴きながら肩に登ってくる仔猫に頬ずりする。ミルク色の頬からは、さっきの情熱の片鱗《へんりん》も窺《うかが》えない。

「そいつ、朔夜さんが面倒みてんの？」

「時々餌《えさ》をあげてるくらいだよ。飼ってくれる人が見つかるといいんだけど」

「優しいんだね、朔夜さん。うちもお袋がアレルギーだからなあ」

「……違うよ」

ふっと、突き放すような眼差し。恭介は少しドキッとした。

「優しくなんかない。捨てる人間も勝手だけど、世話をするのも人間の勝手……最後まで面倒みられないなら、本当は手を出すべきじゃないんだ」

「ああ……まーそういう考えもあるか。けど、おれはラッキーだと思うけど？」

「……え？」

「だって朔夜さんのおかげで、こいつは今日のメシを食えたわけだろ？」

朔夜の肩に擦り寄る仔猫の頭を、チョンとつつく。

「最初から諦《あきら》めて手を出さないより、とりあえずできることをやってみるほうがずっといいと思うけど。なあ？　生きてりゃ、明日はもっといいことあるかもしれないもんなー？」

朔夜はちょっと驚いたように目を見開いた。その顔に、ふわっと微笑が広がる。

「樋口らしいな。そういう考え方」

「………」

「でも、うん……そうか。そうだね。ありがとう。なんだか少し楽になった気がするよ。この子の飼い主も早く見つけてあげて……樋口？」

「……んな顔……」

顔？　と小首を傾《かし》げる朔夜の背中に素早く両手を回し、抱き寄せる。仔猫が慌てて肩から飛び降りた。

「ちょ……樋口！　なにするんだ、一回だけって云っただろ！」

「んなかわいい顔で誘われて我慢できっか！」

「誘ってない！　都合のいい勘違いをするなっ」

「いいじゃんもう一回くらい、減るもんじゃねーだろっ」

「増えても困るだろ！　んっ……」

強引に唇を重ねる。喘《あえ》ぐように開いた口の中に舌を挿し込み、上顎を舐《な》め回す。今度は朔夜がビクッと反応するのを楽しむ余裕があった。

「やめ……樋口っ、んっ……」

誰がやめるか。こんな気持ちいいこと。こんな気持ちのいい唇。うなじをそっと指で愛撫《あいぶ》する。今度はメロメロに溶かしてやる。腰が立たなくなるくらい。

「……あ……っ……」

朔夜の吐息が甘く変わる。力が抜けかけた体を更に強く抱き寄せ、腰をグイと押しつけたそのとき。

「おいッ！　なにをしてる！」

怒号とともに、誰かが恭介の背中にドンッとぶつかってきた。


席に戻ると、まり子と月岡がテーブルいっぱいに旅行会社のパンフレットを広げていた。

「恭介、遅い。話進めちゃったわよ。やっぱり与論でどう？」

「あー……いい。任せる」

恭介は空いた椅子をなぎ倒すようにして、ドスンと腰かけた。

「どーしたの。口止め料にキスのひとつもしてもらってご機嫌かと思ったら」

「べっつに」

氷のとけたウイスキーをがぶっと飲む。首の後ろがズキズキ痛んだ。

（あつつ、っきしょ……）

体当たりをかましてきたのは、石井《いしい》という男だった。

突然の事態ながら、胸に抱いていた朔夜をとっさに庇ったのは我ながら喝采《かっさい》ものだが、よろけた弾みで階段の手摺りにしたたか首をぶつけた。

「樋口！　やめなさい！」

起き上がりざま、男の胸倉を摑んで殴りかかろうとした恭介を、朔夜が間に割って入って止めた。

「だいじょうぶですか、石井さん」

「あ、ああ……うん」

野暮ったい濃紺のスーツ、歳《とし》は三十代前半ってところか。インテリくさいメタルフレームの眼鏡。痩《や》せ型で、身長は恭介よりもやや低い。自分が突き飛ばした相手にまさか殴りかかられるとは思っていなかったのか、どこか呆然《ぼうぜん》としたような表情をしている。

なんなんだこのオッサン。ジロジロ睨み付けていると、朔夜が厳しい顔で恭介に向き直った。

「樋口、謝って」

「あぁ？　なんでおれが。先に手ぇ出したのはそっちだろ」

ペッと唾を吐く。弾みで切れたのか、血が混じっていた。

「いや、いいんだ、朔夜くん。ぼくは大丈夫だから。あ……君。クリーニング代を」

「いらねえよ、金なんか。つか、なに考えてんだあんた。こっから落ちてたら怪我じゃすまなかったぜ。おれの反射神経に感謝しろよ」

階段に手摺りはあるものの、バランスを崩していたら、抱きしめていた朔夜もろとも五メートル下のコンクリートに真っ逆様だ。

「すまない。その……君が朔夜くんに乱暴してるように見えたもので、つい……」

「つい、で殺されちゃたまんねーな」

「樋口」

朔夜が宥《なだ》めるように、恭介の肩に軽く触れた。

「そろそろ中に戻ったほうがいい。連れの方がお待ちだろう？」

云い足りないどころじゃなかったが、ここで騒ぎになって朔夜に迷惑をかけるわけにもいかない。もう一度男を睨み付けるだけに収め、渋々、引き上げてきたのだが……。

ふと見ると、いつの間にかその男がカウンターに座っていた。朔夜も業務に戻ってきて、客に酒を出したり、灰皿を交換したりと忙しそうだ。

ガン見している恭介の視線に気づいたのか、顔を上げてちらっとこちらを見た。軽く片手を振る恭介をキッと睨んで、すぐに視線を逸らしてしまう。でもその頬は、ほんのり桜色に上気していた。

（つきしょー……かわいすぎだろ）

唇を指でそっと撫《な》でる。

嘘みたいだ。朔夜とキスした——まだ柔らかい感触が残ってる。抱き寄せた体のしなやかさ、髪の匂い。思い出すだけで心臓がドキドキする。

それにしたって。どこで覚えたんだよ、あんなキス。このおれが引き摺り込まれそうになるくらいの……。

朔夜が、例の石井という男に水割りのグラスを差し出す。……むっ。なんだなんだ、その親しげな微笑《ほほえ》みは。あっ、いま、ちょびっと手が触ってた！　あの野郎、やっぱ一発入れとくんだった。

「ひょっとして彼が、恭介くんの想い人？」

月岡が小声で囁いた。いつの間にかまり子は席を外している。化粧室にでも行ったのだろう。

にこやかに談笑している二人から目を離さずに、恭介はむっつりと頷《うなず》いた。

「やっぱりそうか。なるほどねえ、さすが、目が高いね」

「月岡さん。あの眼鏡ザル、この店よく来るんですか？」

「眼鏡ザ……ああ、石井くんか。うん、最近よく顔を見るね」

「知り合いですか」

「大学の後輩なんだ。石井信一《しんいち》。ぼくの三年下で、卒業後は金融に行って今は家業を手伝っているはずだよ。実家が銀座の有名な画廊でね」

「いーとこのボンボンか。やっぱりね。いかにも趣味はゴルフで車はベンツって感じだよな」

「ははは。車は知らないけど、確かゴルフのサークルに入ってたはずだよ。昔、一度つき合いで一緒に回ったけど、なかなかの腕前だったな」

「へえ……」

「そういえば最近よくここで顔を見るよ。外で飲むようなタイプじゃないのに不思議だったんだが……どうやら石井のやつも、彼が目当てみたいだね」

「……やっぱ、そう見えますか？」

「確か何年か前に婚約者と別れてね、大学時代からつき合ってて仲も良かったのに、なにがあったんだろうと仲間内でちょっと話題になったんだよ。そうか、あいつも宗旨替えしていたのか。彼女ともそれが原因だったのかな」

恭介はいっそう眉をひそめた。第三者の月岡にもわかるくらいなら、あながち自分の目が嫉妬《しっと》で曇ってるわけじゃなさそうだ。

口止め料なんか貰うんじゃなかった。考えてみりゃ、バーなんて酔わせてお持ち帰りには絶好のシチュエーションだし、あの男以外にもどんな輩《やから》が虎視眈々《こしたんたん》と狙《ねら》ってるとも限らないってのに。いっそ学校にチクって辞めさせるか……さすがにそれはまずいか。

ギラギラした嫉妬の眼差しを向けつつあれこれ算段を巡らせている恭介を見て、月岡がにこにこと笑った。

「そんな顔してる恭介くん、新鮮だなあ。大丈夫、心配しなくても恭介くんの勝ちだよ。高校生が三十過ぎのオジサンなんか相手にするわけない。ただし、彼のほうが男性もオーケーってことが前提だけれどね」

しみじみと云う。

「たとえこの世に石井と恭介くんしかいなくなっても、彼が男は無理だっていえば、それまでだからねえ。あ、ちなみにぼくは無理だけど」

……いえ、おれも無理っす。


「悪いけど、今日はもう眠いから帰るよ」

十二時半、裏口から出てきた朔夜は、つれなく路地を急ぐ。

「でも腹減ってるっしょ？　ラーメンでも食いに行こ。近所にうまい店あるんだ」

急ぎ足で追いかけて、細い手首を摑む。すると朔夜は反対の手を挙げて、空車のタクシーを停めた。

「じゃあ送ってく」

「女の子じゃないんだから。おやすみ」

恭介の手をやんわりとほどき、タクシーの後部座席に滑り込む。恭介は閉まりかけたドアをガシッと両手で摑んで無理やりこじ開け、顔を突っ込んだ。

「おやすみのちゅーは？」

「ふざけてないで。運転手さんが困ってるだろ」

無情にグイと顔を押しやられる。

「ラーメンは今度つき合うから。ね？」

「ほんとっ？」

ラーメンごときで喜べる自分が哀《かな》しい……。

「約束するよ。それじゃ。もう遅いから、樋口も早く帰れよ」

ドアが閉まる。恭介を残して、車はテールランプの赤い河へとゆっくりと走り出した。

恭介は短い溜息をつき、尻ポケットの煙草を引っぱり出した。手で囲ってライターの火をつけていると、背後から肩を叩かれた。

さっきの濃紺のスーツが立っていた。

「先ほどは申しわけなかった。その……勘違いしてしまって。合意だったんだそうだね」

「……まあね」

わざと男の顔に向かって煙草の煙を吐き出す。石井は顔を顰めた。

「朔夜に馴《な》れ馴れしいからだけじゃなく、どうもこの手のタイプは虫が好かない。

「朔夜くんとは、長いつき合いなの？」

「あんたに関係ねえだろ」

「そうだね。申し訳ない」

恭介の睨みにたじろぎもせず、男はおっとりと頭を下げる。

恭介は鼻に皺を寄せた。ボンボン育ちはこれだから嫌だ。なにもかも無神経にできてやがる。

「立ち入ったことを聞くつもりはないんだ。ただ、彼のそういう相手と会うのは初めてでね、気になってしまって」

「そういう相手？」

「君、朔夜くんとそういう関係なんだろう？」

って……もしかして朔夜さん、おれのこと恋人って紹介してくれたのか？

うっわぁ、マジかよ、どーしよっ。恭介が靴底をアスファルトから数センチ舞い上がらせているその横で、石井がタクシーの走り去った方角を見つめて溜息をついた。

「朔夜くんの病気にも困ったものだ……三十人もとっかえひっかえにして」

「三十人？　とっかえひっかえ？」

「ぼくの知る限りではね。実際にはもっと多いのかもしれないが」

「はァ？　なんの話だよ。あの人が病気って？」

「なんのって……」

二人は怪訝そうに顔を見合わせた。

しばしまじまじと恭介を見つめた後、石井が口を開いた。

「だから……君も朔夜くんのセックスフレンドの一人なんだろう？」

4

「……樋口?」

日曜日、午前六時ジャスト。チェーンを掛けたままの玄関ドアから、通路に突っ立っている恭介を、朔夜はびっくり眼《まなこ》で見上げた。

「どうしたんだ、こんな時間に。まさか朝帰り……じゃないみたいだね」

寝不足で腫《は》れた目と、服装が昨日のままではないのを交互に見て、朔夜は怪訝そうにする。

朔夜はチェックの綿シャツにジーンズを着ていた。私服姿を見るのは初めてだ。なんてことのない服装なのに、眩《まぶ》しく見える。

「遅刻キングの君も、休みの日は早起きなんだな」

「すんません。……寝てました?」

「起きてたけど、どうしたの。なにかあった?」

「や……ちょっと」

恭介はポケットに両手を突っ込んだまま、気まずく視線を外した。

なにやってんだ。ばかばかしい。あんなオヤジの云ったこと気にして、朝っぱらから押しかけるなんて。デタラメに決まってるってのに。

だが昨夜は悶々《もんもん》として一睡もできなかった。夜明けと同時に家を飛び出して、ずっとマンションの前をうろうろして……。

黙り込んだ恭介の前で、がちゃんとチェーンが外され、大きくドアが開いた。

「どうぞ？　コーヒーでも淹《い》れるよ」

「……お邪魔します」

片付いた玄関。靴箱の上に、小さな観葉植物が一鉢飾ってあった。男の二人暮らしにしてはこざっぱりして、掃除も行き届いている感じだ。

「そういえば一階のオートロック、どうやって入ったの？」

「あー、たまたま出てくる人がいたんで、入れ違いに……」

あまりマンションの前でうろうろしていると不審者と間違われそうだったので、住人と入れ違いに入らせてもらった。それでも玄関の前でしばらくうろうろしていたのだが。

朔夜は廊下の突き当たりのドアを指さした。

「部屋で待ってて。コーヒー淹れてくるよ」

と、廊下の右手のドアがガチャリと開いて、大男がぬうっと出てきた。

「ふあァァ……なんだ、客かァ？」

パジャマの下だけ着けた大男が、寝癖だらけの髪をかき混ぜながら大あくびをしていた。

ギョッとして固まった恭介よりも、数センチ目線が高い。歳は三十代後半。赤銅色に陽焼けした、引き締まった体つきの男だ。

「ごめん、起こしちゃった?」

「んー? あー……」

男は充血した半開きの目で、恭介を上から下まで一瞥《いちべつ》した。

「……どこのホストだ?」

朔夜がぷっと噴き出した。

「学校の後輩だよ。朝ごはんは?」

「あー……いや、まだ寝足りねえわ。ごゆっくり」

どことなくベンガル虎をイメージさせる大男は、大あくびをしながらまたドアを閉めた。

呆然と突っ立っている恭介に、朔夜が苦笑を浮かべる。

「ごめん、口が悪くて。父さん、いつもああなんだ」

「ああ……え? 父? って、オトーサン? あれが?」

あの、いかにもガサツそうなゴツイのが?

「似てないだろ。よく云われる」

「はー、まあ……朔夜さん、オカーサン似でよかったすね」

朔夜は曖昧《あいまい》な笑みを浮かべた。適当に座ってて、と突き当たりのドアを開ける。

片付いた、シンプルな部屋だった。

シングルベッドと、いい感じに古びたオークの机と作り付けの本棚。ベッドカバーには皺一つなく、机の上も本棚も、定規で測ったみたいにびしっと物が並んでいる。いつも服は脱ぎっぱなし、雑誌や物が出しっぱなしの恭介の部屋とはえらい違いだ。

本棚に並んでいるのも、参考書や固そうなタイトルのハードカバーばかり。漫画はもちろんエロ本なんか入る隙すらなさそうだった。

ベッドサイドの木の椅子に、図書館シールが貼られた読みかけの文庫本が伏せてある。きちんとハンガーに掛けられた制服。眩しい朝陽の射す窓――

ふっと、肩の力が抜けた。

清潔で几帳面《きちょうめん》で、でも堅苦しくない。朔夜そのものの部屋。――やっぱアホだおれ。なんでちょっとでも疑ったんだろう。朝っぱらから押しかけてきた自分が恥ずかしく、朔夜にも申し訳ない気持ちになった。

マグカップを二つトレーに載せて、朔夜が部屋に戻ってきた。コーヒーの良い香りが漂う。

「どうぞ。ああ、いま座るところ作るよ」

「いや、もう帰るから」

「なにか話があったんじゃないのか?」

「ん……けどもういいや。なんか、朔夜さんの顔見たら落ち着いた」

「ちょっと待ちなさい」

朔夜が、恭介の右手を摑んだ。拳《こぶし》に擦り傷があり、赤く腫れている。

「これ、どうしたんだ？　こんな傷、昨日はなかっただろ？」

「あー、ちょっと。なんでもないよ」

「ちょっとって？　あの後なにかあったのか？　まさか……喧嘩？」

気まずく唇を結ぶ恭介に、朔夜は確信したように眉を吊《つ》り上げた。

「どうして！　酒も飲んでたのに、そんなことして警察沙汰《ざた》にでもなったらどうするつもりなんだ」

「そんなへマしねーって」

「もし相手が刃物でも持ってたら」

「おれのことそんなに心配？　嬉しいけど、んなに怒ると美人が台無しだよ？」

にっこり笑って広げた両手を、無言で払い落とされる。恭介は口を尖《とが》らせたが、朔夜のいつになく厳しい顔に、観念して吐いた。

「……あのオッサンだよ。店で会った」

「オッサンって……石井さんと⁉　どうして。なにがあったんだ」

「なんでもいいだろ、理由なんか」

無意識にジーンズのポケットを探り、煙草を忘れてきたことに気づいて舌打ちする。

「よくない。あの人は大事なお客様なんだぞ。どうして殴ったりしたんだ」

「あのクソ野郎が、あんたのことを侮辱したからだよっ」

「侮辱？」

恭介はまたこみ上げてきた怒りを鎮めるように、肺の中の息をいっぺんに吐き出した。

「あの野郎……あんたに三十人もセフレがいて、それも全員男で、とっかえひっかえやりまくってる、病気だってほざきやがった」

「え……」

朔夜の顔がサッと凍りつく。

「んなこと云われて黙ってられるわけねえだろ。ぶん殴ってやったよ。いまごろ顔変形してんじゃねえ？」

「………」

「……朔夜さん？」

朔夜の顔は蒼白《そうはく》だった。覗き込む恭介から、すっと目を逸らす。恭介は異様な胸苦しさを覚えた。

「どしたの。そんな顔して……あ、引っかけ？　またまたー。引っかかるわけないじゃん。だって朔夜さんがそんな」

「………」

「嘘……なんだよね？」

恭介はひきつった笑いを浮かべようとした。しかし、じっと顔を背けた朔夜の、昏《くら》く、凍りついたような眼差しを見た瞬間、すべてを悟った。

頭の中が真っ白になって、体中の血液が、急激に冷えていくのを感じた。

「……マジかよ」

声が掠《かす》れた。口の中がパサパサに乾いていた。

「なんだ、そっか……そうなんだ」

「………」

「おれ、男だから相手にしてもらえないんだとばっか思ってた。突然男に好きだって云われて戸惑ってるんだろうなって。からかってるだけだと思われてるのかなって……どうやったらマジに受け取ってもらえるのか、考えてた。……けど違ってたんだ」

朔夜は俯《うつむ》いている。

「セックスフレンド、三十人か。なーんだ。おれなんかハナっから眼中になかったわけだ。面白かった？　なんにも知らないバカなやつからかって」

「そんなわけっ……」

「じゃあなんでキスなんかしたんだよ！」

「あ……っ！」

気がつくと、ベッドに組み伏せていた。

紫色がかった両目が驚愕《きょうがく》に見開かれる。恭介は彼の太腿《ふともも》の上に馬乗りになった。細い両手を、頭の上に縫い止める。

「笑ってたんだろ。おれがなんにも知らないと思って」

「痛ッ……」

ぎりぎりと手首に食い込む恭介の重みに、朔夜の顔が歪《ゆが》む。

「セフレと、おれのこと話してた？　うっとーしくつきまとってくるアホな後輩がいるって。楽しかった？　おれはあんたのこと、少しは楽しませてあげられた？」

「違う、楽しんでなんか……！」

「だったらはっきり云えばよかっただろ。おまえなんかに用はないって。何べん好きだって云っても、いっつも適当にあしらってばっかで……おれの気持ちわかってて、よくあんなキスできたよな。あんたにはただの口止め料だろうけど、おれにとってはっ……」

「――――」

「……はは。バッカみてぇ……。気がつかなかったよ。からかわれてただけなんて……」

好きで好きで好きで。ただ好きってことしか考えてなかった。ベタベタしてもつきまとっても、いつもしょうがないなって顔で赦してくれたから、ちょっとは期待してもいいのかなって……みんな都合のいい勝手な思い込みだったわけだ。

あんなに嬉しかった昨夜のキスが、唇の上で凍っていくような気がした。

「……残酷だ、あんたって」

細い顎をぐっと摑み、視線を合わせる。怯《おび》えたように揺れる紫色の目に、歪んだ恭介の顔が映っていた。

「教えてよ。あんたのタイプってどんなの？　年上？　あのオッサンみたいなリーマン？　いつもどんなことしてんの？」

耳朶を嚙むほど顔を近づけた恭介を、朔夜は瞳だけ動かして睨みつける。

「やめなさい」

「昨夜もやったのかよ。当然、あんたが女役だよな。何回やったの？　どんな体位が好き？　バックから突っ込まれんのは？　前からのが感じる？」

「樋口！　いいかげんにッ……」

「ぜんぶ確かめてやる」

シャツの襟を引き毟った。ボタンが弾け飛ぶ。

一瞬、二人の視線が空中で絡んだ。

信じられない、という目。奥底に滲む怯えと侮蔑。その眼差しから逃れるように、目を閉じて唇に被《かぶ》さった。技巧もなく、性感を高めるためでもなく、ただがむしゃらに口中を掻き回す。まったく応じない舌に嚙みつき、真上から喉《のど》の深くを犯すと、朔夜は苦しげに体をよじった。

「は……っ」

唇を離すと、溢れた唾液《だえき》が首まで滴った。大きな音を立ててそれを舐め取り、唇にすりつける。朔夜が首を捻《ひね》って嫌がると、顎を締め上げてまで口を開けさせた。

シャツに手を突っ込んで薄い胸を撫で回し、情交の痕《あと》がないか目をこらす。なめらかなミルク色の膚《はだ》。ばら色の乳首がおそろしく淫《みだ》らな器官に見えた。指の腹で押し潰《つぶ》し、こね回す。

朔夜の体がびくっと跳ねる。

「よせっ……！」

朔夜は唯一自由な左手で恭介の肩を押しのけようとする。しかしウエイトの差はどうにもならない。

耳朶に歯を立てた。朔夜がかすかに呻く。黒髪から立ち上る甘い匂いが、ギリギリと胸を締め付けた。

（朔夜さん……）

憎いよ。あんたが憎い。憎くてたまらないよ。

乱れた、絹の手触りの黒髪に額をこすりつけ、恭介は深く喘いだ。

なのに、どうして……なんでこんなにおれはあんたが好きなんだ！

「……別れろよ……」

低く囁く。左手の抗《あらが》いが一瞬、緩む。

「別れてよ。なんでだよ。他の奴になんて……嫌だ、別れろよ」

「う、痛ッ……」

ミルク色の肩に、ぶつけるようなキスを浴びせる。

快楽を知っている体……重ねた彼の下肢は、微妙な反応を示している。

恭介は自分の昂《たかぶ》りを彼にこすりつけた。電流が流れるような快感に、思わず声が漏れかけた。肩を押し返そうとする朔夜の手にもぐっと力がこもった。

唇にしっとりと吸いついてくる雪の膚――この膚を知っている男が他にもいるのだ。彼の全身を撫で回した男たちが、いまこの瞬間にもどこかで息をしている。その男たちには両腕で縋《すが》り付くのか。自分から求めて体を開くのか。

みぞおちに強い痛みが走った。恭介は紫色に鬱血するほど朔夜の鎖骨を噛みしめた。

肩で荒く息を継ぐ。

「あのオッサンと何回やった?」

朔夜はかぶりを振った。

「……してない」

「嘘つけ！　云えよ、何回やらせたんだ」

「嘘じゃない。石井さんとはなにもない」

「信じられるかよ！　さっきのオヤジだって怪しいもんだよな。あいつともやったんじゃないのか⁉　父親とか云ってほんとはパトロ――」

朔夜の左手が、恭介の頬をビシッと張り飛ばした。

「頭を冷やせ！　自分がなに云ってるかわかってるのか」

「コンの……っ」

冷えるどころか、逆にカーッと血が上った。

頤《おとがい》を片手で鷲摑《わしづか》み、激しく唇を重ねる。舌先を噛まれ、思わず顔を離した。その手も一纏《ひとまと》めにシーツに縫い止め、再び唇を貪ろうとした恭介は、ギクッと動きを止めた。

朔夜の両目が、柘榴《ざくろ》のように赤い。

(赤い……⁉)

錯覚かと思った。深紅だったのはほんの一瞬で、すうっと暗い紅色になり、すぐにいつもの紫色がかった黒に変わってしまったから。

虚を衝かれて動けなくなった恭介の下で、すうっと、朔夜の全身から力が抜けた。

「……好きにしろ」

朔夜は瞼《まぶた》を伏せ、投げやりに云い渡した。

「そんなにやりたければ好きにすればいい。さっさとやって帰れ。……その代わり、二度とぼくの前に顔を見せるな」

青ざめた頬。伏せた瞼が小刻みに震えていた。

「あ……」

それを見た刹那、指先まで、さーっと血が冷えていった。あれほどの高揚感がみるみるしぼんでいく。

恭介はのろのろと体を離し、床に足を下ろした。

朔夜はぴくりとも動かない。乱された服も髪も直そうとしない。

恭介は乾き切った唇を噛みしめ、ベッドの上に投げ出されたままの四肢から、ぎこちなく目を背けた。

「……すみません……でした……」

応えはなかった。恭介は部屋を出た。閉じたドアが、背中にのしかかってくるかのようだった。

5

大切にするって決めてたんだ。こんなの初めての気持ちだったんだ。いままで付き合った誰よりも大事にして、大切にして、一歩一歩、育《はぐく》んでいこうって。……なのに。

アホだ。おれはアホだ。救いようのないアホだ。

「ほんっとにアホよね」

涙にむせんで便器にすがりつく恭介の足を、まり子が蹴った。

「なっさけない。失恋してヤケ酒なんて。だから男なんてやめとけって云ったのよ」

「うっせー！　云われなくたってわかって……うっ…おえぇっ」

「あーあー、もう。大声出すから」

再び便器に顔を突っ込んで吐く恭介の背中を、慌ててさする。

「ほら、口すすいで、ポカリ飲んで。吐いた後は脱水になるから」

「……サンキュ……。おまえって優しかったんだなあ……顔に似合わず」

「一言余計よ失恋男。学校どうする？」

「休む……」

「だよね、その調子じゃ。風邪で届け出しとくから」

まり子のスリッパの音が遠ざかる。

恭介は床に尻餅《しりもち》をついて、はあー……と力無く溜息を落とした。

行けるわけねえよ……たとえ二日酔いじゃなくたって。あの人の前でどんな顔すりゃいいんだ。あんなことして……あんな暴言吐いておいて……。

また胃がむかむかしてきた。酒のせいだけじゃない。ただのヤケ酒なら、胃の重さはもっと軽かったはずだ。

震えてた……あの人の体。侮蔑の眼差し、青ざめた顔。——どんなに謝ったって償えやしない。

(嫌われた……もうだめだ、決定的だ。アホだ、おれは……ドアホだ……)

自分の情けなさに涙も出ない。カラカラとトイレットペーパーを引き出して、嘔吐《おうと》物でぐしゃぐしゃの顔を拭《ぬぐ》った。

「朔夜さぁん……」

そのまま、少し眠っていたらしい。便座に片頬をのせてふっと目を覚ますと、玄関でインターホンのチャイムが鳴っているのが聞こえた。

「つーっ……いってぇ……」

二日酔いの頭に甲高いチャイムがガンガン響く。が、さっきより少し吐き気は治まっていた。

(ガッコ行こう……)

便座に片頬をのせたまま、恭介は決意した。

謝ろう。土下座《どげざ》でもなんでもして。そんなことで簡単に許されるとは思わないけど、なにもせず諦めるよりはマシだ。

罵《ののし》られようが蹴られようが無視されようが、とにかく許してもらえるまで謝り続けて、精一杯の気持ちを伝えなきゃダメなんだ。だってやっぱり好きなんだ。どうしても諦められない。あの人のことを考えるだけで、切なくて、胸がいっぱいになる。それでもどうしても許してもらえなかったとしても、せめてあの人の姿を見ていたい。遠くからでもいい、それには……とにかく、学校だ。

恭介はあちこちぶつけながら、ヨロヨロとトイレを出た。チャイムが鳴りまくる玄関を素通りし、洗面所へ向かう。母親は昨夜から出張で不在だ。まり子も自宅に帰ったらしく、広い家の中は静まり返っていた。

ベタベタする顔を洗い、きれいに髭《ひげ》を剃《そ》って、歯を磨き終えてもまだチャイムは鳴りやまなかった。朝八時十分過ぎ。どこのどいつだ朝っぱらから。てっめぇ、二日酔いの失恋男をナメんじゃねーぞ！

「っせーな、誰だよッ⁉」

ガンガン痛む頭に濡《ぬ》れタオルを当てて、裸足で玄関扉を蹴り開けた。

冷たい風と雨の匂いが流れ込む。木製の大きなドアの向こう、篠《しの》つく雨のポーチに立ちつくす見慣れたブレザーの制服――

ドクン！　と心臓が跳びはねた。

「朔夜さん⁉」

朔夜は傘も差さず、段ボールの小箱を胸にしっかりと抱えていた。濡れ羽色の黒髪からポタポタと雨が滴り、制服は肩から胸から水を吸って黒々と変色している。

「どっ……どうしたんすか、そんなカッコで……。傘は？　びしょびしょじゃないっすか。ちょっと待っていまタオル」

「今朝……」

頭痛も吹き飛ぶほどの軽いパニック状態に陥った恭介に、俯きがちに立ち尽くしたまま、朔夜はぽつりと云った。

「今朝の六時半から七時半の間、どこにいた」

「ほえ？　え？　なに？」

朔夜はキッと顔を上げ、詰め寄った。

「答えろ。どこでなにをしてた」

「ど、どこって…うちに……」

「証明できるか⁉」

「証明って……」

「できないだろう⁉　よくも……こんな惨《むご》い真似を！」

怒鳴るなり、恭介のヨレヨレのシャツの胸倉を鷲摑む。

激しく揺さぶられるとぐら〜りぐらりと視界が回転し、またぞろ吐き気がこみ上げてきてしゃがみ込みそうになる。

「う…おえっ…。お、お願い、耳もとで怒鳴んないで……おれ二日酔い……」

「そうか。そうだろうな。酒の力でも借りなきゃこんなことできないだろう。そのへんの神経は常人並みなわけだ！」

「ちっと待ってよ、いったいなんなの……」

十センチも身長の低い朔夜に胸倉を摑まれて、恭介は中腰の苦しいスタイルで胃を押さえる。少し力を緩めてもらおうとして触れた手の、凍るような冷たさに驚いた。

「朔夜さん……」

「触るなッ」

ビシッと恭介の手を払い落とす。取りつく島もない仕種が、ずしんと胸に応えた。打たれた手をぎゅっと握り締める。

「ごめん……でも中入ってよ。風邪ひくよ」

「………」

朔夜は無言で、抱えていたダンボールの蓋《ふた》を開いた。

うっとのけぞるような強烈な血の匂いが広がった。思わず鼻を覆う。

「なに……⁉」

恐る恐る箱の中身を覗き込む。赤いタオルでなにかが包んである。

朔夜が、そっとタオルをずらす。

「うッ……」

あの仔猫だった。血まみれの小さな前足。胃液がこみ上げ、思わず顔を背けた。

「……今朝、うちの玄関の前に置いてあった」

朔夜はタオルを戻した。

「六時半に、仕事に出かけた父を見送ったときには箱はなかった。ぼくが見つけたのは七時半。その一時間の間に、誰かが置いていったんだ」

「誰かって……」

「君の家からうちまで、地下鉄で往復三十分。店はその中間にある。……君がやったのか？」

「ちょ、待ってよ、なんでおれが⁉」

「どうしてこんな惨いことを……腹いせならぼくにすればいい。この子にはなんの罪もないだろう！」

「やってねーよ！　振られた腹いせにネコ殺すほど腐ってねーっての！」

「じゃあ他の誰がこんなことするっていうんだ！」

「知らねえもんは知らねえって！　第一、おれ昨日帰ってからいままで一歩も外に出てねえし！」

「証明できるのか⁉」

「証明って……」

「今朝の六時半から七時半頃までなら、トイレに籠《こ》もってゲーゲー吐いてましたよ」

恭介を睨み上げる朔夜の背後から、制服姿のまり子が、赤い傘を差して庭を横切ってきた。左手に鞄とコンビニのビニール袋を提げている。

「十五分くらい前に声をかけたときは、便器抱えて寝てました」

「麻生さん……」

まり子は朔夜に軽く会釈した。

「すみません、立ち聞きするつもりじゃなかったんですけど。恭介、これ差し入れ。ポカリとレトルトのおかゆ。一応、アスピリンも」

「……君は、樋口と一緒にいたの？」

「はい。昨日の昼過ぎから今朝までずっと。大変でしたよ。べろべろに酔っ払って夜中にベランダでホウキ振り回して暴れて近所から苦情はくるし、明け方新聞配達のバイク裸足で追っかけるし、挙げ句の果てに人の服の上に吐くし。ひどい目に遭いました」

「うそ、おれが？　マジで？」

ぜんっぜん覚えてない。まり子は冷ややかな侮蔑の一瞥を幼馴染みに与えた。

「お向かいの伊集院《いじゅういん》さんから、恭介くんが大声で暴れてるみたいって相談されたのよ。わたしが止めなかったら警察沙汰になってたところだからね。……というわけで、恭介のアリバイはわたしが証明します。信じるかどうかは先輩次第ですけど」

「そりゃねーだろ、弁護するなら最後までしてくれよ」

「うるさい。あれだけ迷惑かけられた上に、濡れ衣を晴してあげようとしてんのよ。文句ある？」

ないない、ございません！　やっぱり持つべきものは友！　頼りになるぜ。

「口裏を合わせてるんじゃないってことは、もっと調べればわかると思いますけど」

朔夜は段ボール箱を両手でぎゅっと抱え、俯いていた。

「あの……朔夜さん」

「……ごめん」

消え入りそうな声で呟《つぶや》くと、踵を返した。放心したような足取りで雨の中へ出ていく。恭介は慌てて玄関の傘を摑み、裸足のまま追いかけた。

「待ってよ。そんな濡れたまま！」

「いい」

「よくねえよ！」

「はなしてくれ！」

恭介はハッとして、摑んだ肩を離した。

「ごめん。けどせめて、傘……」

朔夜は首を振った。雨の雫《しずく》が散る。傘を開き、彼に差し掛けた。

「駅まで送ってく」

「やめてくれ」

「嫌なのはわかってる！　けどそんなずぶ濡れでほっとけねーだろ！　送ってくだけだからっ……」

「ちがう、そんなんじゃない！」

朔夜は青ざめた顔を恭介に向けた。

「頼むから、そんなに親切にしないでくれ。……君に……合わせる顔がない……」

頰を伝う透明な雫——雨？　それとも、涙……？

「朔夜さん……」

「お取り込み中ですけど」

まり子が玄関ポーチでさっさと傘を畳みはじめた。

「続きは中でやりませんか？　さっきから、門の外まで筒抜けなんですけど」

朔夜はためらいがちに、小さく頷いた。


シャワーを浴びて、恭介の貸しただぶだぶのシャツとジーンズに着替えた朔夜は、青白い顔を俯けて居間のソファに座っている。

まり子は二人に紅茶を淹れると帰っていった。

二人きり残された広い空間には、重苦しい沈黙が澱《よど》んでいた。コチコチと刻む置き時計の音だけが、妙に大きく聞こえる。

「えっと……あー、お茶淹れ直そうか。ぬるくなっちゃったでしょ。あ、ぬるいほうがいいのか」

なに云ってんだおれ。そんな話してる場合じゃないだろ。もっと他にあるだろ。

「朔夜さん猫舌だもんね。あ、紅茶よりコーヒーのがいい？」

しかも声がうわずってる。らしくない。こんなの全然おれらしくない。

朔夜はタオルで生乾きの黒髪を拭いながら、所在なげに部屋に視線をさまよわせた。

声が響くほど広いリビングルームだ。かまぼこ型の天井は総ガラス張りで、雨の雫が弾けて躍るのが真下から見える。磨かれた飴《あめ》色の床にはやわらかな色調のラグマット。飾りじゃない暖炉、華奢な脚のテーブル、座り心地のいい白い革のソファ……いかにも女性好みの洗練されたインテリアだ。

「麻生さん、ここに一緒に住んでるの？」

「は？　まさか。あいつんちは隣のマンション」

「でも勝手知ったる、って感じだったから」

「ガキのころからしょっちゅう行き来してるからね。それにお袋同士が高校からの親友でさ、おれとまり子、同じ産院で同じ日に産まれたんだよ。いわゆる腐れ縁？」

「そう……」

朔夜は紅茶に口をつけ、ほっとしたように、あったかい……と、呟いた。

恭介は大きくひとつ息をついた。決意を固め、椅子から立ち上がって、朔夜の前に手をつく。

「すんませんでしたッ！」

床に額をこすりつける。

「やめてくれ。謝るのはぼくのほうだ。君を疑って……あんな酷《ひど》いことを……ごめん」

「疑われるようなマネしたおれが悪いんです。許してくださいっ」

「ほんとにやめてくれ。悪いのはぼくなんだから」

「それはおれが原因だからおれが悪いんです」

「ちがう、ぼくが悪い」

「おれだって！」

「ぼくだ！」

「おれ！」

「ぼ……」

顔を見合わせ、二人とも思わず苦笑いした。朔夜の顔に、かすかだけれどようやく笑みが戻る。それを見て、恭介の胸にも少しながら安堵《あんど》が広がった。

「マジで……許してくれますか？」

朔夜はゆるやかに首を振った。

「もとから怒ってないよ。もっと早く話しておくべきだったんだ。でもぼくは——」

「わかってる」

恭介は、膝の上に置いた彼の細い手を、ぐっと握った。

「けど、おれ、自分の気持ちは変えられない。やっぱどうしても朔夜さんが好きだ。諦められない。でも、朔夜さんの嫌がることは二度としない。誓う」

朔夜は静かに微笑んだ。

「信じるよ」

心臓に刺さっていた棘が、じんわり溶けていく感じだった。

なんで、こんなに幸せになれるんだろ。この人のそばにいるだけで。この人の笑った顔だけで。

貸した服がだぶだぶで、洗いっぱなしの髪がちょっと跳ねてて、二人で向かい合ってると情事の朝みたいだ。つい顔がニヤケてしまう。我ながらしょーもないゲンキンさ。今朝の今朝まで、嫌われた、もうダメ死ぬ……とか思ってたのに。

朔夜のリクエストで、ぬるくなった紅茶をミルクティーにしてやり、恭介はポカリスエットをペットボトルごと一本飲み干した。薬も効いてきたのか、吐き気と頭痛も楽になっている。ほんと、まり子サマサマだ。

「けど、誰があんな真似しやがったんだ。あんなこと、まともな人間のやれることじゃねえよ」

向かいのソファで膝を丸めクッションを抱いていた朔夜が、まだ少し青白い顔のまま、躊躇《ため》いがちに口を開いた。

「実は、あれが初めてじゃないんだ」

「は？　なんだよそれ！」

「生き物が殺されたのは初めてだよ。ただ……三ヵ月くらい前から、頻繁に無言電話がかかってくるようになってね。特に深夜。あんまり酷いから、電話会社に頼んで処置してもらったんだけど……今度はおかしな物が届くようになって」

「おかしな？」

「生ゴミとか、その……使用済みコンドームとか。針が刺さった藁《わら》人形なんかもあったな。ぼくの顔をゲイ雑誌の写真に合成したやつとか」

朔夜は気が重そうに溜息をついた。

「子供の頃から、誰かにあとをつけられたり、見ず知らずの人から電話がかかってくることはよくあったから、初めはあんまり深く考えてなかったんだけど、さすがに最近ちょっと気味が悪くなってきて……」

「犯人に心当たりは？　あの猫のこと知ってるってことは、店に出入りしてるやつかも」

「思いつかない。バイト先の人とはうまくやってたつもりだし、お客さんとも別にトラブルはないよ」

「警察は？　届けたんだよね？」

まさか、と朔夜は驚いたように恭介を見た。

「警察なんて大げさだよ。父にも話してないのに」

「なんで。そんな悠長に構えてる場合かよ。無言電話に藁人形にエロ写真って、それもう立派なストーカーだろ。もっとエスカレートしたらどうすんですか」

「放っておけばそのうちおさまるよ。それに……こんなことで父に心配かけたくないんだ」

「こんなことじゃねーだろ！　もしだよ？　犯人が、朔夜さんの友達だとか名乗って何食わぬ顔で留守中に訪ねてきて、親が知らずに部屋に入れちゃったら？」

さすがにこれは効いたらしく、朔夜はようやく、目もとに心細さを滲ませた。

「……わかった。相談する」

「マジで見当つかない？　おれ以外に、朔夜さんに振られて逆恨みしてるやつとか」

「さあ。自分から振ったことないと思うから……」

朔夜は困ったように眉をひそめ、喉もとを撫でた。

「だから君の仕業だと思い込んでしまったんだ。ごめん」

振った男はいない。って、要するに誰でもＯＫってことだよな？

……おれ以外は。

「あ……そう、なんすか……はは」

引き攣《つ》り笑いの恭介の傍らで、朔夜は、静かに膝に視線を落とした。

「君がそんなことをするわけないのに、頭にカーッと血が上って。気がついたらここまで来てた。……本当にごめん。なんだか、この間から樋口には変なところばっかり見せてるな」

頼りない子供みたいな横顔に、ズキン、と胸の深くが痛んだ。

……どうしようもねえな、おれって。

こんな時なのに、そんな顔をおれに見せてくれることが嬉しい、なんて思ってる。誰より先に相談してくれたことを喜んでる。

「……静かだね」

朔夜は雨の窓に目をやった。透明に潤んだ瞳に気づかぬふりで、恭介はぬるくなった紅茶を飲み干した。

「雨がやんだらさ、あいつの墓……作ってやろ?」

小さな子供のように、朔夜はこくんと頷いた。

6

ダバーン！　と飛び込みの水音が、ガラス張りの高い天井に響く。

「……なるほど。それはだいぶ厄介《やっかい》なことになってるね」

恭介の話を一通り聞き終えた月岡は、難しい顔つきで、肉づきのいいたぷたぷした顎をつまんだ。派手なプリントのトランクス型の水着の上に、立派な腹肉がでーんとのっかっていた。

平日の夕方、会員制ジムのプールサイド。同じく水着姿の恭介は、肩に掛けたタオルで生乾きの髪を拭った。褐色《かっしょく》に陽焼けした引き締まった体軀《たいく》と、高校生離れした整った顔立ちに、あちこちから女性の視線が飛んでくる。

「やっぱ警察に相談したほうがいいですよね？」

「どうだろうな。効果がないとは云わないけど、あまりあてにしないほうがいいね。数年前にストーカー規制法ができてから少しずつ対応も変わってきているようだけど、そもそも警察っていうのは事が起きてから腰を上げ渋るところがあるから」

「なんだよそれ、なにか起きてからじゃないと遅えってての」

「本人の様子はどう？　だいぶ参ってる感じかい？」

「全っ然。説得してやっと親に相談するって約束したけど、危機感ゼロ。ちょっと気持ち悪いなーくらいにしか思ってないですね」

「そりゃまたのんびりした子だなあ」

そう、当の朔夜が一番の問題なのだ。

悪質な無言電話、藁人形や、顔をすげ替えたゲイポルノ写真、あげくはかわいがっていた猫まで殺されて、なんであんなにのんびり構えていられるのか。次は朔夜自身を狙ってこないという保証はどこにもないのに。

冗談じゃない。もし朔夜があの猫みたいに——想像しただけで胃が焼けつきそうになる。いっそのこと、家に泊まり込んで二十四時間ガードしたいくらいだ。父親は留守がちで、いまも中東に出張中。いつ帰ってくるかわからず、その間朔夜はマンションに一人暮らし。付け入る隙が多すぎる。

今日だって、無理矢理マンションまで送っていったのだ。

「大学時代の同期にこういう方面に詳しいやつがいるから、少し話を聞いてみるよ」

「すみません、助かります」

「これまで届いた写真、もし手紙やメールなんかも残っていたら処分しないように。大切な証拠になるから。アルバイトもしばらく休んだほうがいいな。それにしても、せめて相手がわかれば具体的な対処のしようもあるんだが……彼はまったく心当たりはないんだね？　最近じゃなくても、昔誰かとトラブルがあったとか」

「もともと人とトラブル起こすようなタイプじゃないですからね。おれと違って優等生だし、誰とでもうまくやれるし」

「そういう、一見誰にでも好かれそうなタイプは、知らないところで恨みや憎しみを買ってしまっている場合もあるからね。彼が忘れてしまっているようなほんの些細《ささい》な事柄でも、嫌がらせやストーキングのきっかけになる。嫌いなやつのことほど気になる、っていうだろう？」

「嫌いなら近付かなきゃいいのに。わっかんねーな」

「恭介くんは常にストレートだからな」

月岡は面白そうに笑い、すぐ真顔になった。

「犯人の目的が、朔夜くんに対する性的な興味なのか、ただの嫌がらせか……どっちにせよ、用心したほうがいい。猫のことは、ちょっと危険な徴候だよ。猟奇的な殺人事件の犯人の中にも、小動物からエスカレートして、ついには……っていうケースも珍しくない」

ゾクッと背筋に寒気が走った。

「……脅かさないで下さいよ」

「ごめんごめん。けどまんざら脅しでもないよ。最近は物騒な事件が多いからね。本人に危機意識がないなら、その分、君が彼を守るくらいの気持ちでいないと。考えようによっては彼と一気に距離を縮めるいいチャンスかもしれないぞ」

頑張れよ、と肘《ひじ》でつつかれて、恭介は複雑に表情を歪め、首筋の水滴をタオルで拭った。


シャワーを浴びてジムを出ると、五月の夕空はまだ明るかった。

湿った匂いのする狭い地下鉄の階段を下り、券売機に小銭を入れる。いつものボタンを押そうとして、急に朔夜の顔が見たくなった。

六時すぎ。ここからなら朔夜のマンションまで三駅だ。

（ちょっと顔見て帰るか）

月岡に話を聞いてもらって、不安解消するどころか却《かえ》って心配になってきた。

切符を買い、ちょうどホームに入ってきた電車に飛び乗る。通勤ラッシュの乗客に揉まれながら、恭介は真っ暗な車窓の外へ目を向けた。

いったい、犯人は誰なのか。

小さな生き物にあんな惨い真似ができるのはまともな人間じゃない。そんなやつが朔夜の周辺をうろついていると思うと、背筋が寒くなる。

朔夜に心当たりがないなら、やっぱり月岡が云っていたように、些細なことで誰かの恨みを買ったのだろうか。しかし、嫌いな相手に執拗《しつよう》な嫌がらせをする人間の心理は、恭介にはどうも理解できない。好きで好きで、振り向いてもらえない悔しさやもどかしさが募り、可愛さ余って憎さ百倍、ついエロ写真を合成して送りつけちゃいました——なら、まだわからないでもないが。

ただ、その可能性は薄そうだ。なにしろセフレ三十人。誰の誘いも断ったことはない、ってどんだけだよ。つか、そんな人に振られたおれってどんだけ？

……いや。振られたならまだマシだよな。もともと相手にされてない。

ゴッン、とドアの窓に額をぶつける。隣に立っていたＯＬが、大きな音にびっくりした顔で恭介を見上げた。目が合うと、ほんのり頬を赤らめて目を伏せる。

どうでもいい女は、こんな簡単なのに。一番想ってる人にとっておれはただの後輩で、まとわりつかれても嫌悪感はないけど、セックスしたいほどの魅力もない。嫌いじゃないけど好きでもないって一番最悪のパターンだ。溜息でガラス窓が曇った。

正直、セックスの相手に不自由したことはない。童貞喪失は十一歳。相手は家庭教師の女子大生で、以来、関係した女性は両手両足の指の数じゃ足りない。銀座のママにナンバー１キャバクラ嬢、祇園《ぎおん》の芸妓《げいこ》、ＯＬ、人妻——ちょっといいなと思った女は大抵意のままになった。その少なくない経験からいって、朔夜と恋人に発展する望みはほぼゼロ。よくてせいぜい、酔った勢いで一晩同衾《どうきん》ってところだろう。

はっきり結論は出ている。なのに、それでもまだあの人に関わろうとしてる。未練たらたら。すっぱりきっぱり諦めて他に行ったほうが楽になるってわかってるのに。

距離を縮めるチャンス……か。

朔夜のことが心配でほっとけない、それは本心だけれど、どこかに下心がないとはいえない。少しくらい意識してほしい、あわよくば……なんて、まだ期待してる。

どうかしてるよな。可能性はゼロに等しいってのに。我ながらこんな女々しい男だとは思わなかった。

いっそのこと、あのとき、無理に抱いてしまえばよかったのか。ぐちゃぐちゃに犯して、他の男とのセックスなんかつまらなく思えるくらいに溺れさせて、あの人の体に残るセフレの記憶におれを上書きして――

(……って。それができてりゃ、こんなグチグチしてねーっての……)

駅で降りる乗客はまばらだった。

改札を出て、商店街のアーケードを抜けてコンビニの角を曲がる。マンションまであと二百メートルくらいに差し掛かったあたりで、周囲の様子がおかしいことに気付いた。やけに大勢の人でざわついていて、焦げ臭いような臭いが漂っている。

「なんかあったんスか?」

道端で立ち話をしていた初老の男に声をかけると、興奮気味に朔夜のマンションを指さした。

「火事だよ、火事。そこのマンションで」

「火事⁉」

「ほら、あの一番上の部屋。真っ黒だろ」

息が止まった。最上階って……！

「いやもーびっくりしたよ。救急車が何台もサイレン鳴らしてて、慌てて飛び出してみたらあそこの窓から煙と火がえらい勢いでさ。腰が抜けちまった」

「……嘘だろ……」

「まあ怪我人は出なかったみたいでなにより……おい、ちょっと！　まだ近付けないよ！　警察もいるし！」

恭介は真っ青になって駆け出した。最上階——朔夜の部屋も最上階だ。

マンションの前には、避難した住人たちと野次馬が集まっていた。立ち入り禁止のテープが張られ、中で制服の警官らが作業しているのが見える。消火作業は終了したようだが、まだ住人にも立ち入り許可が出ていないらしく、老人や小さい子供を抱いた主婦たちが不安げな顔で様子を見守っている。

その中に、黒いハイネックのニットにチノパンの、すんなりした背中を見つけた。

「朔夜さん！」

駆け寄った恭介に、振り向いた朔夜は目を丸くしていた。

「大丈夫ですか⁉　怪我は⁉」

「なんともないよ。火事になったときは留守にしてて、さっき帰ってきたんだ。消防車は来てるし、すごい騒ぎになっててぼくもびっくりして……火元がうちのお隣でね、台所から火が出たらしい」

「じゃあ、朔夜さんちは……」

「まだわからないけど、少なくとも家の中は水浸しだろうな……」

朔夜は眉をひそめて、自宅のベランダを見上げた。黒コゲの外壁。朔夜の家の窓ガラスも破られている。消火の際に割ったのか、ベランダから回った炎で割れたのか、どちらにしても部屋の中はかなりの惨状だろう。

「あーでもよかった、無事で。火事って聞いて、心臓停まるかと思った」

「本当に不幸中の幸いだったよ。たまたま出かけていて」

恭介はそこでやっと、朔夜の横から口を挟んできたスーツ姿の男に視線をやった。

そこにいることに気付いていないわけではなかったが、存在を視界から消していたかったのだ。

「もし家にいたら、火事に巻き込まれていたかもしれないからね。そう思うとゾッとするよ。君が無事で本当によかった」

「そうですね。石井さんが誘って下さったおかげです」

「ぼくのほうこそ急に付き合わせてしまって。だけど助かったよ。中学生の男の子への誕生日プレゼントなんて、ぼくには見当も付かなかったから」

「ぼくなんかでお役に立てれば。石井さんにはいつもお世話になっていますから」

「大切な取引先のご子息でね、これから商談でご自宅に伺うことになってるんだ。きっと喜んでくれると思うよ」

にっこりと頬笑み合う二人。男はインテリくさい眼鏡を高い鼻に押し上げ、むっつりと立っている恭介に向き直った。

「先日は失敬したね」

「……どーも」

むすっとしたまま、威圧的に男を見下ろす。

敵意丸出しの恭介に反して、石井は眼鏡の奥の一重を、友好的に和ませた。顔の腫れは引いたようだ。

「朔夜くんから聞いたよ。君、まだ高校二年生なんだってね？　この間は大学生かと思ったけど、そうやって制服を着ているとやっぱり若いなあ」

「あんたに比べりゃな」

「それにしても、最近の子はおっきいね。なにかスポーツやってるの？」

恭介は明後日の方を向いたまま、しれっと答えた。

「室内運動を少し。主にベッドの上で」

「え？　あ、ああ……はは、まいったな」

石井は照れたように鼻の頭を掻いた。カマトトぶってんじゃねーよ。三十男が。

そんな二人の間に、朔夜が心配そうな顔で挟まれている。だいじょーぶ。恭介は目線で彼に頷いてみせた。警官のいるところで殴り合いなんかするもんか。やるなら闇夜だ。後ろから。

しばらくすると、現場検証が終わって、住民への説明が始まった。

火災の原因は天ぷら油の引火。朔夜の自宅は隣家と接していた部屋の付近が類焼し、水浸し状態。また新建材の燃焼による有毒ガスの危険性があるため、部屋に入れるのは明日以降になるという。

携帯電話で海外にいる父親と連絡を取っていた朔夜が、溜息をついて電話を切った。

「だめだな、繋《つな》がらない。一応、メールと留守電は入れておいたけど」

「どうするんですか、今夜。泊まるあては？」

「ビジネスホテルにでも泊まるよ。財布持ってて助かった」

「そういうことなら、しばらくうちに泊まりなさい。そのほうがお父様も安心されるだろう」

石井の提案に、朔夜は難色を示した。

「そういうわけには……明日には父と連絡が取れると思いますし」

「しかし、家の中はしばらく寝起きできる状態じゃないだろう。ぼくはひとり暮らしだし、部屋も余ってる。遠慮はいらないよ、さあ」

「でも……」

「あっ、お巡りさーん、明日は何時頃なら中入れますか？　教科書とか制服取ってきたいんですけど。八時頃ならオッケー？　でも服は煤《すす》の臭いがついて着れたもんじゃない？　へー、タンスの中のも駄目なんだ。クリーニングしても？　だってさ、先輩」

　あ、と朔夜が恭介を見上げた。

「そうだ、制服。教科書は学校で借りるとしても、制服は……困ったな」

「おれのでよければ貸しますよ。一年の時に作って小さくなっちゃった制服、まだとってあるから。サイズはちょっとでかいだろうけど、ないよりマシでしょ。あと、泊まるところも紹介できますけど」

「助かる」

　朔夜はほっと吐息をついた。その顔がなんとも心細げで、思わずぎゅっと抱きしめてあげたくなる。蹴られるだろうけど。

「しかし、朔夜くん。君も彼も未成年だし、学校の後輩にそこまで甘えるのは……」

「お袋も知ってるとこだから心配いりませんよ。学校まで十五分。料金格安、セキュリティ万全。それに、親父さんもバイト先の客より学校の後輩の世話になったほうが安心だと思いますけどー」

「だが」

「今夜は樋口の世話になって、明日以降のことは状況を見て考えることにします。石井さん、ご心配かけてすみませんでした」

食い下がる石井を、朔夜はやんわり、しかしきっぱりと遮った。

「それに、これからまだお仕事なんですよね？　これ以上ご迷惑をおかけしたら、今後のお付き合いも心苦しくなってしまいますから」

石井には「今後のおつきあい」が効いたらしかった。苦虫を噛み潰したような顔で名刺を取り出すと、裏側になにか書き込んだ。

「自宅の住所だよ。なにか困ったことがあったら、何時でも構わないから訪ねてきなさい。本当に遠慮しなくていいからね」

名刺ごと朔夜の両手をぎゅっと握り締め、落ち着き先が決まったら電話をするように何度もくり返して、未練げに何度も振り返りながら路肩に停めてあった車に乗り込んだ。パールホワイトのメルセデスベンツ。

「はーん。やっぱしか」

「なにが？」

怪訝そうに振り返る朔夜に肩を竦めて、恭介は走り去る車に笑顔で手を振った。

「……で？　ぼくには、どうしてもここがホテルには見えないんだけど？」

朔夜はそこはかとなく物憂げな顔で、鎧戸《よろいど》と煙突のある深緑色の屋根を見上げている。

街灯の柔らかいオレンジ色の中、ラリック風の繊細なフォルムを描く門扉に手をかけて佇《たたず》む美しい姿は、一幅の絵画のようだ。

「風呂つき飯つき、通学十五分。宿泊費タダ。条件バッチシでしょ？」

釣り銭を受け取ってタクシーから降りてきた恭介に、胡乱《うろん》そうに視線を巡らせる。さりげなく肩に回された手をつまみ上げ、

「ついでに下心つきだろ。駅前のビジネスに泊まるよ。制服だけ貸してくれ」

「ちょ、待ってよ。親もいるのに変なこと考えるわけないっしょ」

「考えない？　ほんとに？」

「………」

暗がりで探るような眼差しを向ける朔夜から、恭介はふっと視線を逸らし、俯いた。

「……ですよね。信用できるわけねーよな、おれなんか」

「樋口……」

「わかってます。当然だよ、それだけのことをやったんだから。こんな奴と一つ屋根の下なんて嫌だよな。ただ、ストーカーのこともあるし、ホテルに先輩を一人にするのは心配で……今日、知り合いの弁護士に話を聞いてもらったんだけど、かなり危ない状況じゃないかって云われました。まだ犯人もわからないし、用心してなるべく一人にならないようにって」

「……わざわざ、ぼくのことで相談を？」

「勝手なことしてすみません。けどどうしても心配で。なんか胸騒ぎがしてマンションに行ってみたらあんな騒ぎになってるし。すみません、それも勝手なことでしたよね。……なんか、これじゃおれがストーカーみたいだよな」

自嘲《じちょう》気味に唇を歪める。

「そんなこと。樋口には感謝してるよ」

「いいって、無理しなくて」

「本当だよ。さっきも、本当のこと云うとかなり混乱してて。泊まるところも着替えのことなんかもちっとも頭が回らなかった。樋口がいてくれて心強かったんだ。……こっちこそごめん、疑うようなこと云ったりして。やっぱり、一晩お世話になってもいいかな」

「うっしゃあ！」

固めた拳を突き上げる。

「そうと決まったらまずは買い出しだな。着替えと歯ブラシと、あ、冷蔵庫空だったなー。晩飯なにがいい？　肉？　魚？　なんでも作るよ、こう見えて料理は得意。親父にガキの頃から仕込まれて……あれ？　朔夜さん？」

振り向くと、呆然と恭介の背中を見つめていた朔夜が、溜息混じりに呟いた。

「その変わり身の早さが、信用できない一番の要因なんだよ……」


朔夜は普段、ほとんどスーパーを利用しないらしい。二十四時間営業の大型スーパーで、カートに買い物カゴをセットする恭介を、物珍しげな目で見ていた。いつもはエコバッグ持参、もちろんポイントカードも持っていることを話すと、子供が父親に向けるようなキラキラした目で感動された。

「でも樋口が料理なんて意外だな。食べるの専門って顔してるのに」

「そお？　モテる男の基本っしょ。料理上手で顔がよくてセックスもうまい。お買い得っしょ？」

「そうなんだ？　野菜の値段は気にしたことなかったからな」

いいえ、この一袋三百五十円の玉葱《たまねぎ》のことじゃなくてですね……。

……にしても、夢みたいだ。朔夜さんと二人並んでカート押してるなんて。新婚さんみたい。いかん、つい顔の締まりがなくなる。

「そういえば朔夜さん、料理は？」

「ぜんぜん。目玉焼きくらいかな」

「普段のメシどうしてんの？」

「レトルトとかコンビニの弁当とか。父は外食が多いし、一人だから適当にすませることが多いよ。料理の本を見れば作れないこともないだろうけど、作ってもどうせ味がわからないし」

そういえば、味オンチなんだっけ。あの塩味ケーキ平気で平らげるくらいだから相当だ。

「オンチっていうか、味覚障害っていうのかな……味がね、わからないんだ」

「わからないって……味がしないってこと？　まったく？」

「うーん、柔らかいとか固いとか、熱い冷たいくらいかな。わかるのは」

なにを食べても味がない……砂を噛んでいるようなものだろうか。いや、砂には砂の味がある。それも感じないとなると……恭介にはとても想像もつかない世界だ。

「それって生まれつき？」

「いや、うんと小さいころは正常だったと思う。飴が甘いものだっていう記憶はあるから。だからいまでも、飴を食べると甘いような気がするんだ。ほんとは味はしないのに、昔の記憶でそんな錯覚がするんだろうな。不思議だね」

まるで他人事のような口調だ。気にもしていないというような。

「治らないんですか？」

「たぶん。子供のころの薬の副作用だから」

「薬害？　なんか病気だったんですか？」

「さあ……でも別に不便はないよ。むしろ得かな」

朔夜はさらりと追及をかわした。

「食べることに興味がないから、ひとつのメニューだけ食べ続けても飽きないし、他の人がまずいって云うようなものでも平気だし。そういえば、去年は毎日学食のカレーを食べてたんだけど、さすがに学食のおばさんに、よく飽きないねえって呆れられたよ」

「げっ、あのカレーを毎日⁉　おれ一口でギブだよ……」

東斗の学食は、私立の金持ち学校らしくなかなかのグレードなのだが、あのカレーだけは頂けない。粉っぽいわ水っぽいわ、具はドロドロに溶けて肉は固くて、学食の人気ワーストワン。東斗では罰ゲームに使われるくらいの激マズ名物カレーなのだ。

「一皿百三十円でサラダとスープ付き、お代わり自由。お得だろ？　味覚がある人は不便だね」

「うーん……そういう考え方もあるか……」

ブロッコリーの山から、鮮度の良さそうなのを選びながら、ふと、朔夜の瞳のことを思い出した。三日前……朔夜の部屋でのことだ。

朔夜の目は、もともと紫がかったような黒だ。それがあのとき、ほんの一瞬だったが、柘榴のように透き通った紅色に見えた。

錯覚だったのだろうか。光線の具合で赤く見えただけ？

（それとも、あれもなにか、病気と関係があんのかな……）

それにしたって酷い話だ。薬害による味覚障害だなんて。一日三度、エネルギー補給のためだけに味もそっけもないものを咀嚼《そしゃく》して飲み込むなんて、どんなに辛いだろう。食い道楽の恭介にはとても耐えられそうにない。

「そういえば、ぼくがお世話になること、まだご家族に話してないんだろう？　さっきはまだお帰りになってなかったみたいだけど、いいのかな、勝手に決めてしまって……」

「平気平気、うちの母親そーいうの気にしない人だから。それどころか、火事で焼け出されたなんて聞いたら何日でもどーぞって云うよ」

「でもちゃんとご挨拶しないと。お母さん、何時頃お帰りになる？」

「あー、確か来週末には帰国するはずだけど、どーかな。忙しい人だから」

「……なんだって？」

「うちの親、一昨日《おととい》からマルセイユ行ってんスよ。朔夜さんチーズ食べれる？」

「食べられる。……いるって云ったじゃないか！　親がいるのに変なこと考えるわけないって……」

「いますよ、両親健在。離婚してるけど」

ニヤッと笑った恭介の口もとを、朔夜が思い切りつねり上げた。

「ったく……この二枚舌っ」

「ひででで。ヘンパイ怒っひゃひや～ん」

「都合のいいときだけ後輩ヅラするんじゃない」

怒った表情のまま手を離し、朔夜はくるりと踵を返した。

「待った待った、ごめん、謝る、許して朔夜さぁ～ん」

「はなせよ。着替え買ってくる。衣類売り場は二階だろ」

「えー、もうちょい新婚気分……いでっ」

恭介の向こう脛《ずね》を軽く蹴飛ばして、静かに肩を怒らせた朔夜は、エスカレーターの方向へどんどん歩いていく。つねり上げられた口もとをさすりつつ、恭介はその背中を追いかけた。

（よかった。少し元気出たみたいだな）

いいよ、どれだけ罵られようが蹴られようが、気がすむまで好きなだけやってくれ。それで少しでも気を紛らわせられるなら。こんなおれがあんたの役に立てるなら。

7

火災の被害を最も受けたのは、朔夜の部屋だった。

ベランダの窓から炎が入ったらしい。壁は天井にかけて黒焦げになり、家具も床も水浸し。ベッドも燻《くすぶ》ったように煤けて、机や本棚もひどいダメージを受けていた。

父親の寝室や廊下を挟んだリビングルームも、延焼は免れたものの水浸しで、足を踏み入れるのにもちょっと勇気がいるような状態だ。

一晩たって自宅の惨状を目《ま》の当たりにした朔夜は、かなりショックを受けている様子だった。顔にこそ出さないものの、ひとつひとつ被害を確認するたびに肩が落ちていく。

「どうですか、朔夜さん?」

クローゼットの中を確認していた朔夜が、無言でハンガーに掛かった制服を恭介に渡した。

失敗した燻製《くんせい》みたいな臭いだ。

「うわ、強烈。クリーニングで取れるかな」

「とりあえず出してみるけど、今日購買に聞いてみたら、新調すると二、三週間かかるみたいなんだ。それまで君のを借りていていいかな?」

「もちろん。しっかし、親父さんの書斎にまで水が入らなくてよかったですね。貴重な資料とかパソコンもあるんでしょ」

「ああ。それだけが救いだよ。そうだ、父と今朝連絡が付いてね。火事のこと話したらすぐ帰国するって云われたんだけど、どのみち改装が終わるまでここには住めないし……樋口」

と、朔夜は背伸びをするようにして、ひょっと顔を近づけてきた。

紫がかった不思議な黒い瞳に間近で覗き込まれ、思わずのけ反る。

「な、なんスか」

「クマ……」

「あ?」

「目の下にクマができてる。昨夜、眠れなかったのか？」

ああ……と、恭介はさりげなく顔を背けた。

「なーんだ。キスしてくれるのかと思った。ぐーすか寝ましたよ。それよか、リフォームどれくらいかかるって云ってました？」

「一週間くらいかかな。それまではビジネスホテルに泊まるよ」

「なに云ってんすか。うちに泊まればいいでしょ。三食オヤツつきで歓待しますよ」

「ありがとう、でも遠慮するよ」

朔夜はクローゼットの扉を閉め、今度は机の抽斗《ひきだし》からてきぱきと必要なものを紙袋に詰めていく。

「どーしてっ」

「これ以上甘えられないよ。親御さんもお留守なのに」

「かまわねーって、そんなん」

「ぼくは構う」

「構う構わねーの話じゃねーだろ。自分がストーカーに狙われてんの忘れたのかよ！」

朔夜の手が止まった。腕組みして、苦々しくそれを見下ろす。

「忘れてましたね」

「……いま思い出したからいいだろ」

これだよ。ったく……。

「あーもー！　あのねえ、いーですか、ホテルなんて不特定多数が二十四時間出入りしても誰も不審がらないとこなんですよ。そこに朔夜さんみたいなぼーっとしたのが一人で泊まってたらどうなるか、ちょっと考えりゃわかるでしょ！　云っときますけど、警察はなんにもしてくれませんよ。あんたが殺されてからでなきゃね」

「そんな大げさな」

「大げさかどうか、試してみりゃいいだろ。その代わり、おれも泊まりますからね、同じホテルに」

「……」

朔夜はきゅっと唇を噛んだ。小さな溜息。

「迷惑をかけるのは……嫌なんだよ」

「なに云ってんの」

恭介は満面の笑みを浮かべ、両手を広げた。

「朔夜さんなら大歓迎！　ぜーんぜん、迷惑なんかじゃないですって！」


「すっごい迷惑」

包丁で器用にジャガイモの芽を取りながら、まり子が、横で鱈《たら》の切り身にローズマリーを擦り込んでいる恭介をジロッと見上げた。

制服の上にシンプルなエプロンを着け、長い髪はゆるい三つ編みにして纏めている。制服姿のままなのは、帰宅しようとしたところを無理矢理連れ込んだせいだ。

「なんであんたと草薙先輩のラブラブ同棲《どうせい》生活に巻き込まれて、夕食の支度なんかしなきゃならないわけ？　超迷惑なんですけど」

「だから、今度埋め合わせするから頼むって……。云っただろ、朔夜さんと二人っきりだと、おれ理性に自信がねーんだよ……」

　バットに並べた切り身に振り塩をしつつ、恭介は、キッチンカウンター越しに見えるリビングルームに目をやった。

　朔夜が、ソファで一人、静かに本を読んでいる。ゆったりしたミルクティー色のシャツは、恭介が貸したやつだ。華奢な体つきが強調されて、かわいいというかセクシーというか。

　朔夜が滞在することは、もちろん迷惑じゃない。いっそ一生ここにいてほしいくらいだ。

　一緒に夕飯を食べて、一緒にテレビを見て、くだらない話をして、おやすみ、おはよう、朝ご飯食べて、登下校も一緒。そんな蜜月を夢にまで見ていたけれど――

「昨夜も隣に朔夜さんが寝てると思うと眠れなくてさ……。見ろよ、このクマ。男前が台無しだろ」

「隣って、ベッドの隣じゃなくて、隣の客間でしょ」

「寝息とか聞こえてきそうでドキドキするし……」

「どんだけ薄い壁よ。だいたい、なんなの。ついこないだ失恋したの死ぬの大騒ぎしてたと思ったら、いきなり同棲って。いつからそういうことになってたわけ？」

「違うっつーの。同棲ならおまえに頼るかよ。マンションの改装が終わるまでだよ。近くに頼れる人とか親戚もいないらしい」

「ホテルは？」

「ダメ、無理、却下」

「なにそれ」

まり子は例の事件を知らない。言い澱《よど》んだ恭介の表情からなにか察したのか、まあいいけど、とジャガイモの皮を剝きはじめた。

「やっちゃえば？」

「あー？　なにを？」

「草薙先輩」

「ハア⁉」

なにびっくりしてるのよ、と怪訝そうに恭介を見上げる。

「だって、恭介の気持ちは知ってるんでしょ？　いくら行くあてがないからって、そんな相手と一週間も二人きりで暮らすってことは、その気が全然ないわけじゃないと思うけど。だいたい、相手は恭介よ？　どうなるかくらい先輩だってわかってるでしょ」

「人をケダモノみたいに云うな。……約束したんだよ、なにもしないって。おれのこと信じて来てくれたんだ。裏切れるかよ」

すでに一回やっちゃおうとしてがっつり失恋しました……とは、男のプライドにかけて、云えない。

まり子はジャガイモの皮を剝く手を止めずに、冷ややかな視線を恭介に向けた。

「小六で父親の愛人寝取ったヒトが、なんか常識的なコト云ってるし」

「ばっか、人聞き悪ィな。知らなかったんだよ、家庭教師が親父とデキてたなんて。つか、息子の家庭教師に手ぇ出すか、普通？　お袋はあんな男と別れて正解だな」

「マザコン」

「っせーな、ファザコン」

「はあ？　どこがファザコン……ちょっと！　そんなにニンニク入れないでよ！」

「これくらいたっぷり入れたほうがウマイんだって」

「きゃーっ、やだやだ！　ニンニク臭くなるじゃない！」

「っせーな、臭くてもいいだろ、どーせ男もいねーくせに」

「本命に見向きもされない男よりマシよ」

「うわ、きつっ。それだから男できねーんだよ。昔は可愛かったよな、大きくなったら恭介くんのお嫁さんになるのーって」

「賑やかだね」

と、背中から声。いつの間にか、朔夜がにこにこと立っていた。

「なにか手伝おうか？」

「とーんでもない、朔夜さんは座ってて下さい。お客さんなんだから」

「そうそう、なんにもできない人にいられても邪魔なだけだし」

「おい、まり子」

「ほんとのことでしょ」

「ほんとに二人とも仲が良いね。そうやってると新婚さんみたいだ」

はあ？　と顔を見合わせる二人。

「冗談でしょ、こいつとなんか無人島で二人きりになったって無理無理」

「こっちの台詞《せりふ》よ。でも、先にプロポーズしたのは恭介だからね。大きくなったらぼくのお嫁さんになって下さいって」

「幼稚園のときだろ！　何度も云ってるけど先にプロポーズしたのはそっちだっつの。大きくなったらお嫁さんにしてねーってお砂場のトコで」

「恭介が先だしジャングルジムよ」

「まり子だって」

「絶対、恭介が先……あっ、痛ッ」

包丁を握っていた手もとが狂い、指にツッと血の粒が伝った。

「バッカ、よそ見してるから」

とっさにまり子の指を口に含んだ。鉄分の味が舌に広がる。

「たいしたことないな。あとでバンソコ貼っとけよ」

「ダメだ。そんな手当てじゃ雑菌が入る」

と、横から朔夜がまり子の手を奪うように取り、水道の流水で洗い流した。

「樋口、救急箱」

「え、そんなのツバつけときゃ治るって」

「なにいってるんだ。女の子の手なんだぞ。痕でも残ったらどうするんだ」

有無を云わせぬ強い口調に、あのまり子が目を丸くして、云われるままになっている。朔夜は手際よく傷の処置をし、「今日は水仕事はしないほうがいいね」と優しく云った。

「はい。ありがとうございます、先輩」

「支度ができるまで、あっちでお茶でも飲もうか」

「そうですね。じゃ恭介、あとよろしく」

まり子はバンドエイドを巻いてもらった左手をひらひらさせ、朔夜と肩を並べてリビングルームに移動していった。ぽつんと残された恭介は一人、作業を続ける。

「先輩、なにかゲームでもやりません？　どんなのが好きですか？　恭介、色々持ってますよ」

「君のオススメは？　ゲームはよく知らないんだ。教えてくれる？」

「そうですね、初心者にオススメなのは……」

なんか、仲良さそうだ。それにまり子の態度の変わりよう。なんだよ急に。人間は弱っているときに優しくされるとほだされるっていうが、切り傷のケアだけでもそうなのか？

「あっ先輩、そこ右右！」

「あー、失敗。難しいけどおもしろいね、これ」

楽しそうな笑い声。……いや、いいんだけどね。手伝い断ったのおれだし。朔夜さん料理できないし。

……やっぱサラダくらい頼めばよかった。そんで鮮やかな包丁捌《さば》き見せつけたりして。「すごい、プロみたいだ」「これくらい誰だってできますよ。教えよっか？」なんつって、「本当に？　教えてくれる？」「朔夜さんの頼みなら。あーけど、タダじゃなー」「しょうがないな、君は。じゃあ……お礼はキスで」とかそういう新婚ごっこみたいな！　いいだろ夢くらい見ても！

骨付き鶏肉にどかんどかんと出刃包丁を振り下ろす。

「樋口」

と、朔夜がこっちを振り向いた。

「え？　なに？　サラダ⁉」

「お鍋、噴いてるよ」

「……ハイ」

しょぼーん……。

そこはかとなーく、怒ってるような気がするのは……気のせい、だよな？

食事の間中、一回も視線を合わせなかったのも、まり子にばっかり話しかけていたのも、「後片づけくらいぼくらが」って二人で和気あいあいとキッチンに並んで入る隙間がなかったのも、食後のコーヒー、まり子にだけミルクと砂糖をサービスしたのも、恭介の知らないミステリ作家の話題で二人だけで盛り上がってたのも、べつに、おれを無視してたわけじゃない……よな？

「してたわよ、無視。はっきりと」

夕食後、まり子を隣のマンションまで送った。いつもなら見送りもしないのだが、物騒だから送っていけと朔夜に云われたのだ。

まり子のきっぱりとした肯定に、恭介はカクッとうなだれた。

「なんでかなあ……。おれ、なんか怒らせるようなことしたか？」

「べつに怒ってるわけじゃないと思うけど」

「ちがうのか？　じゃあなんだろ」

「……恭介、ほんとにわからないの？」

「おまえわかるの？」

まり子はきょとんとした顔で数秒、恭介の顔を見つめ、かぶりを振った。

「ニブチン……」

「なんだよ。あっ、おまえ、あることねーこと吹き込んだんじゃないだろうな。おれが水虫だとかインキンだとかっ。それで引いてたんじゃねーのか!?」

「ばか?」

「だっておまえとゲームする前は普通だっただろ。急に機嫌が悪くなったのあの後だし、なんなんだよ。知ってるなら教えろよ」

「先輩に聞きなさいよ。信じられないニブチン。あんなわっかりやすい人いないのに」

まり子は心底呆れ顔で、マンションエントランスの玄関を解錠した。

「じゃ、おやすみ。明日はご飯食べに行かないからね」

「なんで」

「馬に蹴り殺されたくないから。さっさと帰ったほうがいいわよ。じゃないと、先輩もっと機嫌悪くなるから」

「はあ?　なんでだよ。ちょ、おい、まり子!」

自動ドアが閉まる。ロビーに消えていくまり子の背中に、恭介はまた首を捻った。

なんなんだよいったい。さっぱりわかんねーぞ、おい。

高い塀越しに自宅の屋根を見上げる。なんだかまっすぐ帰る気になれなくて、近所のコンビニで少し時間を潰して帰った。

朔夜は二階の客間に上がったらしく、リビングルームの明かりは消えていた。

まだ十時半だ。声をかけてみようかな、もう寝ちゃったのかな。彼のことだから、ひょっとして予習復習なんかしてたりして……お茶でも持っていってみようかな、でも邪魔かなあ……。

我ながら、らしくないことをつらつらと考えながら、台所で水を飲んでいると、バスローブ姿の朔夜が二階から下りてきた。

湯から上がったばかりらしく、石鹸《せっけん》のいい匂いをさせている。

「……早かったね」

心なしか冷ややかな声。

濡れた前髪が、汗ばんだ額に貼り付いている。薄桃色に上気した美味しそうな頬。ヤバイくらい心臓がドキドキした。

「遅くなると思ったから、お風呂、先にいただいたよ」

「ああ、うん。えーっと、ポカリ飲む？」

神サマ、おれに理性を下さい。

祈るような思いで、無理やり視線をもぎ離し、冷蔵庫に顔を突っ込む。

「ポカリは……ごめん、切れてた」

「水もらえる？……ありがとう。今日は帰ってこないかと思った」

「なんで？　だって隣ですよ、あいつんち」

「……………」

朔夜はボルヴィックのペットボトルにじかに唇を当て、うまそうに音を立てて水を飲んだ。こくんこくんと動く、なめらかな喉の隆起。うっすらピンク色をした瞼、すぼめた唇――

（うおっ。やべっ）

なじみのある痛みが、股間《こかん》をズキンと直撃した。軽く前屈《まえかが》みになりつつ、朔夜に背中を向ける。

「あ、じゃあおれもシャワー浴びてくるかな……」

「……やっぱり、ぼくがいると迷惑なんじゃないか？」

ぽつんと、朔夜が呟いた。

「自由に夜遊びもできないし、彼女だって気を遣うだろうし」

「あいつはいまさら気を遣うような仲じゃないですよ。それに毎晩遊び歩いてるわけじゃないし。こないだは、今度まり子と知り合いとでダイビングに行くことになって、たまたま打ち合わせに……」

「そこまで聞いてない」

さすがにちょっとカチンときた。

なんなんだよ、さっきから。当たりたいのはこっちだ。おれがこんなに、こんっなに！　血管切れそうなほど我慢してるっつーのに、そんなうまそうなカッコでのこのこ出てきやがって。

恭介は体を反転させると、冷蔵庫の前にいた朔夜の前に立った。扉に両手をつっぱり、両腕の間に朔夜を閉じ込める。彼の目が一瞬、不安げに曇った。

「それ、似合うね。バスローブ」

襟元に人差し指をかけ、軽く引っぱる。ギリギリ、乳首が見えそうだ。脳天がじわりと白く、熱くなる。

朔夜が軽く肩をよじった。指が外れ、落下する。

「……男同士のセックスなんて、樋口が考えてるほどいいものじゃないと思うよ」

そのとき、ブチッと脳の奥でなにかが切れた。バン！　と両手で扉を叩いた。

「それ、あんたが云うか⁉　いいかげんにしろよ、おれはあんたに惚れてんだぞっ。なのに……ちょっとはデリカシーってもんがねーのかよ⁉」

「……ごめん」

朔夜は冷蔵庫にぺたんと背中をつけて、俯いた。

「けど……樋口はたぶん、勘違いをしてるだけだと思う。ぼくがなかなか思い通りにならないから、熱くなってるだけだ。手に入ればすぐ冷める。なんだ、こんなもんかって、思うさ

「……」

「冷めるかどうか、この場で試してやってもいいんだぜ」

頬にはりついた一筋の髪の毛をそっと払ってやると、爪が皮膚を掠めたのか、朔夜がびくっと身を竦めた。

怖がっているのか、それとも感じたのか？

どっちでもいい。朔夜が自分の行動に反応してくれるのが嬉しい。

ゾクゾクする。もっと追いつめたい。もっと怯える顔が見たい。自分の裡《うち》に潜む、暗く残酷な本性を垣間見《かいまみ》るような気分だった。

濡れた髪に唇をつけて、匂いを吸い込む。甘い匂い。クラクラしそうだ。

バスローブの厚いタオル地の上から、膝頭を朔夜の脚に擦りつける。細い腰がびくんと引ける。だけど逃げ道はない。薄いピンク色に上気した耳にそっと唇を近づけた。

「そんな襲ってくれっていってるような格好して……あんたのほうこそ、逃げるふりして、ホントは待ってるんじゃないのか？　おれに捕まえられるのを……」

「……こんなふうに？」

「う……!?」

「動くと頸動脈《けいどうみゃく》が切れるよ」

喉もとでキラッと光った冷たい感触を目線だけで見下ろし、恭介はゴクリと生唾を飲み込

んだ。

「なっ……なんでサバイバルナイフなんか持ってんすか⁉」

どっどっどっどこにそんなモン仕込んでたんだ⁉

「狼の寝ぐらに丸腰で飛び込むとでも思ってたのか？　甘いな」

朔夜はナイフの背でピタピタと恭介の首を叩くと、ゾクッとするような低い声で囁き返した。

「もし寝室に入ってきたら、首掻き切って死んでやるからな。失血死体と大量の血を見たくなければおかしなことを考えるなよ。いいね？」

「ハ……ハイ」

「おやすみ」

冷ややかな一瞥。恭介は冷蔵庫を抱き締めながら、その場にヘナヘナとくずおれた。

神サマ、理性どころか……命もつでしょうか……。

8

恭介《きょうすけ》お気に入りの昼寝場所は、冬場は保健室、夏場なら図書館の二階。五月のこんな爽《さわ》やかな日は屋上も捨てがたい。

北校舎の屋上は人気もなく、給水塔の陰は職員室から死角になる。

昨夜もあまりよく眠れなかった。二時間めの古典をギブアップして、固いコンクリートの床にごろんと横になった途端、すぐに瞼《まぶた》がくっついた。目を覚ますと、すでに太陽が真上に昇っていた。

もう昼休みだ。校内のざわめきが聞こえてくる。

いいかげん戻らないと昼メシ食いっぱぐれるな……大きな欠伸《あくび》をし、体を起こしかけた恭介は、ドキッとして体を縮めた。

ほんの五、六メートル先に、フェンスにもたれて、朔夜《さくや》が、小柄な少年と向かい合っていたからだ。

相手は遠藤《えんどう》という、先日朔夜にラブレターを渡してた風紀の一年だった。ちょっと見、気弱さが漂う小柄な美少年。

朔夜は、おなじみのアルカイックスマイルを浮かべて、喉《のど》のあたりを右手で撫《な》でている。困ったときの癖だ。

「……気持ちは嬉しいけど……」

「ち、違うんです。誤解しないで下さい。お付き合いっていってもあの、そういう変な意味じゃなくて、一緒に帰るとか、お昼食べるとか……。ダメ……ですか？」

一年坊主は気の毒なほど真っ赤になって、まともに目も合わせられず、朔夜の胸ポケットあたりにうろうろと視線をさまよわせている。

「変……ですか？　男同士なのに……気持ち悪い……ですか？」

消え入りそうな言葉を、朔夜が穏やかに否定する。

「そんなことないよ。人に好いてもらえるのは嬉しい。変だなんて思わないよ」

あ、ヤバイなあ、そういう答え方。胸ポケットの煙草をひっぱり出して咥えながら、恭介は眉《まゆ》をひそめる。

「ほんとですか！」

少年の顔がぱあっと輝く。

ほら見ろ。いまので、朔夜が自分の気持ちを受け止めてくれたと思い込んだ。

「じゃあ、今日、一緒に帰っていいですかっ」

「いいけど、今日は委員会があるから遅くなるよ」

「大丈夫です。放課後、図書館で待ってますっ」

一年坊主は、地面から足が五センチ浮いてるみたいなふわふわした足取りで、校舎の中に駆け込んでいった。

風に乱れた前髪を掻き上げて、その後ろ姿を見送る朔夜……どこか一抹の儚《はかな》さを漂わせた美しさ。満開の桜が人の姿に形を変えたら、あんな姿をしているかもしれない。風に散って消えてしまいそうな気さえする。

「ああいう子鹿ちゃんタイプが好みなんだ？」

美の化身がハッと振り返る。給水塔の壁にもたれて煙草をふかす恭介を見て、美しい眉がひそめられた。

「こんなところで。見つかったら停学だぞ」

恭介は青天井に悠々と煙を吐き出した。

「云《い》っとくけど、昼寝の邪魔したのはそっちですよ。目が覚めたら告白タイムがはじまっちゃって、出るに出られなくて」

「告白って……見てたならわかるだろ、そんなんじゃないよ」

「なんで？　付き合うんでしょ、あいつと。一緒に帰る約束してたじゃん」

「付き合ってなくたって、一緒に帰ったりするだろ」

「ただの先輩と好きな人とじゃ、同じことしても意味が違うっしょ」

「……つっかかるね」

苦笑い。——そうやってなんでも笑ってごまかせると思ってるとこ、かわいいけど、憎らしい。

「その気がないんだったらはっきりそう云ってやりゃいいのに。あれじゃ断ったことになんないですよ」

「でも、べつに嫌いなわけじゃないし……あんまり無下に断るのもかわいそうだろ」

「……かわいそう?」

すーっと、下腹に、冷たいものが広がる。

「なんだよ、それ。じゃあ、あいつが先輩とセックスしたいって云ったら、かわいそうだからさせてあげるわけ」

顔色を変えた恭介に、朔夜が怪訝そうな顔を向ける。

「するわけないだろ。君はいつも話が飛躍しすぎだ」

「飛躍じゃないだろ。一緒にメシ食ったり帰ったりするだけで満足すると思ってんの。好きな人と一緒にいれば、キスだってセックスだってしたくなるだろ。それが当たり前だろ?」

冷たい塊は、食道を焦がすような憤りに姿を変えていた。

「半端な気持ちであんな返事するなよ。あいつはマジで告白したんだぜ。マジに答えてやるのが最低限の礼儀ってもんじゃねえの」

朔夜は困ったように黙り込んでいる。こんなときにもつかみどころのないアルカイックスマイルだ。恭介のイライラはさらに募った。

「あんたにはわかんないんだろうな。人を好きになる気持ちなんて」

叩きつけるように云ったとたん、朔夜からすっと表情が失《う》せた。視線を伏せる。

「……ごめん」

「おれに謝ることじゃないでしょ」

コンクリートに煙草の火を磨り潰し、背を向けてゴロンと横になった。朔夜が背中をじっと見つめているのがわかる。

予鈴が鳴った。

「……授業始まりますよ。行けば」

「……樋口《ひぐち》は?」

「自主休講」

「………」

朔夜は鐘が鳴り終わってもしばらくそこに立っていた。恭介に動く気配がないのを見ると、諦《あきら》めたのか、静かに踵《きびす》を返した。

「……吸い殻、ちゃんと始末しろよ」

パタン…と後ろで扉が閉まった。

校内のざわめきは消えていた。風に鳴る梢《こずえ》の音が頭上を吹き抜けていく。

こんなに快い風なのに、胸はじりじりと焦げるようだ。

（……かわいそうって？）

かわいそうで振れないって？――なるほどね。振ったことがないって、そういうことか。おれのことのらりくらりかわしてたのは、「かわいそうだから」か。哀《あわ》れんでくれてたわけか。

「冗談じゃねえよ……クソ」

仰向《あおむ》けになると、太陽がまともに目に入った。両手を顔の上にのせて目を閉じる。瞼の裏に白い光が翻った。

あんたはわかってない。そんな半端な優しさがどれほど人を傷つけるか、なんにもわかってないよ。


マズった。まさか日没まで寝過ごすとは思わなかった。

大慌てで会議室に飛んでいったが、委員会は終了して、数人が後片付けをしていた。

「草薙《くさなぎ》先輩はっ？」

「も、もう帰りましたけど……」

息を切らして駆け込んできた名物男に話しかけられ、下級生の女子が顔を赤くする。

「一人で？　どれくらい前」

「二十分くらい前です。一年の男子が一緒でした」

「サンキュ！」

三階の教室に駆け上がると、鞄《かばん》を引っつかみ、再び階段を駆け下りて校舎を飛び出した。

二十分前に出たとすれば、もうとうに地下鉄に乗ってる頃だ。

（だーッ。おれのバカっ。バカバカバカ！　なにやってんだ！）

朔夜を一人にするなんて！　あの一年坊主が犯人じゃないとも限らねえのに。もし帰り道でなにかあったら――！

地下鉄の中でも足踏みし、猛ダッシュで駅を駆け抜けて住宅街を突っ切る。

隣家の角を曲がると、一方通行の路地に、恭介の家の出入りを塞《ふさ》ぐようにして見慣れないベンツが停まっていた。

パールホワイトのＣ２００。嫌な予感がよぎる。

案の定、かっちりしたダブルのスーツ姿の男と朔夜が、アンティークな門扉を挟んで向き合っている。

「どうしてそんなに意地を張るの？　いつもの君はもっと素直ないい子なのに。強情を張らずにうちに来なさい。いつまでもこちらにお世話になっているわけにもいかないだろう？」

「改装の一週間だけです。長引くようならホテルに移るつもりですから」

「そんなことを云っても、二人きりなんだろう？　心配なんだよ」

「どういう意味ですか？」

「あまり君の後輩を悪く云いたくはないが、彼はずいぶん素行に問題があるようだし、問題も多いらしいじゃないか。そういう子とはつき合ってほしくないんだ。わかるね？」

「それは……確かに、石井《いしい》さんのような大人から見たら、樋口は問題も多いかも知れませんけど、でも」

「だろう？　だから心配なんだよ」

石井は門扉にかけた朔夜の手に、自分の手を重ねギュッと握り締めた。

「それに、彼は君によからぬ感情を抱《いだ》いてる。目を見ればわかるよ」

「石井さん……」

「やっぱりここに君を置いておくわけにはいかない。ぼくの家が気詰まりなら知人のホテルを紹介するから、すぐに荷物を纏《まと》めなさい。ホテル代のことは心配しなくていいから」

「いいえ、そんなことまでお世話になったら父に叱《しか》られます」

「いいんだよ、子供がそんなこと心配しないで。ね、いい子だからわかってくれ。心配でたまらないんだ。君に万が一のことがあったら——」

「おいオッサン、人んちの前に堂々と違法駐車してんじゃねーよ。レッカー呼ばれる前にさっさと帰れや」

メルセデスのボンネットに靴をのせて凄《すご》んだ恭介を、二人が同時に振り返った。

「お帰り」

朔夜の顔がほっと緩む。石井のほうは見るまでもない。神経質そうな細面に、でっかく「邪魔だ」と書かれている。

恭介は石井に目を据え、顎《あご》をしゃくった。一八六センチの長身だ。凄むとさらに迫力が増す。

「とっとと出せよ。駐禁の標識見えねえのか」

「ああ、すぐに出すよ。朔夜くん、さあ……」

「すみません、失礼します」

朔夜は、男の手の下にあった手を強引に引き抜いた。急ぎ足で玄関に入っていく。

「朔夜くん……っ」

「あんた、ちょっとしつこいんじゃねーの？」

恭介は、なおも食い下がろうとする男の体を押し退《の》けるようにして、門を開いた。

「あんたもセフレの一人なら、それらしい振舞いってもんがあるだろ。少しは立場を弁《わきま》えたらどうだよ」

「セフレ？」

男の眉間《みけん》に浮かんだ訝《いぶか》りは、すぐに苦笑に取って代わった。かぶりを振る。

「はは……まいったな。とんでもない、勘違いだよ。彼らなんかと一緒くたにされちゃ困る」

笑いながら、高い鼻に眼鏡を押し上げる。人をバカにしたような笑い方がカンに障る。

「以前にも云っただろう。彼は一種の病気なんだ。男とのセックスなしではいられない。多《た》淫《いん》症というやつだよ。だから彼にとってセックスフレンドっていうのは、単なる道具に過ぎない。精神的な繋がりなんか求めていないんだ」

「……自分は違うとでも云いたいのかよ」

「君に説明してもわからないだろうけれどね」

朔夜の去った空間をうつろに見つめ、男は呟《つぶや》いた。

「……ぼくだけは特別なんだ」


「ちゃんと片付けてきた？」

朔夜は、リビングの床に正座して、洗濯物を畳んでいた。

「えっ？　片付け？」

「吸い殻」

「……あ」

しまった。忘れてた。

「そんなことじゃないかと思った」

タオルの端をきちんと合わせ、恭介をじろっと睨《にら》む。

「まったく。そういうドジがいるから、校内の見回りを増やさなきゃならなくなるんだ。いい迷惑だよ。反省しなさい」

「あれ。煙草吸うなとは云わないんですか、風紀委員長サマ」

「自分の意志で寿命を縮めるのは君の勝手だろ」

「……ごもっともです」

朔夜は黙々と洗濯物を片付けていく。タオル一枚畳んだことのない恭介は、手を出すこともできず、ソファに寝そべって朔夜の横顔をぼんやり見つめた。

きれいだ。出逢《であ》ったときの、白い花のような印象は変わらない。穢《けが》れのない白い花。不用意に触れればすぐにも花びらを散らしそうに、はかなくも潔癖な。

この人が、三十人もセフレがいて、男なしじゃいられない多淫症で？……どうしても信じられない。

そもそも、多淫症ってのはいったいなんなんだ？　やりたくってやりたくって辛抱たまらーん！　って病気？　それじゃ世の中の半数の男は病気だよ。思春期のヤローなんて全員病院送りだ。

それに、セフレ三十人にしたって、云い寄ってくる男たち全員に例の〝かわいそう精神〟を発揮して、断りきれなくて数が増えてしまったとか、真相はそのあたりじゃないだろうか。

優柔不断。あるいは八方美人。あの調子でみんなに愛想を振りまいているとしたら、果たして自称セフレなんて何人いることか。

自分だけは特別だ……と云っていた石井もまた、その犠牲者かもしれない。

二人に体の関係があるにしろないにしろ、石井が朔夜にどんな感情を抱いているかは、明らかだ。ただ、朔夜はどうなんだろう。石井をどう思っているのだろうか。

（特別か……）

恭介にとっての特別は、決まってる。草薙朔夜。この人だけだ。

出逢ったときから朔夜しか見えなくなってしまった。まるでＤＮＡに刻み込まれていたみたいに。昔からの約束のように。この人と出逢うために生まれてきた――なんて以前のおれなら鳥肌モノの台詞《せりふ》まで、すんなり浮かんだ。

朔夜はどうなんだろう。朔夜の特別って……誰だろう…？

「意外と地味なんだね」

「……は？」

なにが？　と顔を上げた恭介の顔の前に、朔夜がピラリと広げたもの——

「どわッ⁉」

がばっと飛び起き、朔夜の手から、グレーのビキニショーツを奪い取る。

「ちょ、こんなモンまで洗濯しなくていいって！」

「洗濯籠《かご》に入ってたから」

「あれは後でまとめてクリーニングに出すのっ」

「下着も？　ワイシャツも？　枕カバーもタオルも？　あれ全部？　もったいない！　それくらい自分で洗えよ」

「だって洗濯機の使い方わかんねーし」

「わかんないって、全自動じゃないか。スイッチひとつだろ」

「ガキの時、洗濯しようとしたら洗剤入れすぎて家中の床が泡だらけになって以来トラウマ」

「だからって。下着くらい自分で手洗いしろよ」

朔夜は呆《あき》れたように首を振って、靴下をまとめて畳んでいく。こまめに動く白い指先に見とれ、恭介はにゃーっとヤニさがる。

「なんか、いいなー。新婚さんみたい」

「樋口みたいなぐうたら亭主を持った奥さんは、さぞ苦労するだろうね」

「やだな、朔夜さんのパンツなら、喜んで手洗いしますって」

「あいにくでした。持ってないよ」

朔夜はしれっと云った。

「下着は着けない主義なんだ。いつもじかにズボン穿《は》くことにしてる」

「うそ、マジでっ？」

「嘘に決まってるだろ。着替えてこいよ。制服ホコリっぽいぞ」

タオルやリネンをまとめて立ち上がると、すたすたと洗面所に向かう。恭介はぶすったれてあとを追いかけ、後ろから背中にべたーっとのしかかった。

「純情な少年をからかって楽しいスか～？」

「今時の純情な少年ってのは、男を強姦しようとしたりするのか」

「……朔夜さんて、んな憎たらしい口きく人だったっけ」

「イメージ狂った？」

「おう。ますます好きになった」

「こら。重いだろ」

「いーじゃん」

後ろから腰を抱いて、朔夜の髪に鼻を埋《うず》める。自分と同じシャンプーの匂い……なのにゾクッとするのは、なぜだろう。

「ねえ、あのオヤジとどこで知り合ったの？」

「石井さん？　あの人まだ三十三だよ。タオルは？」

「上から二段目。じゅーぶんジジイじゃん」

「聞いたら怒るな」

恭介を背中にへばりつかせたまま、朔夜はてきぱきとタオルを棚に収めていく。

「TOMAMU《トマム》でバイトを始めてすぐ、石井さんが店に来たんだよ。それで少しずつ話すようになって。仕事で珍しい装丁の本を集めてて、ぼくが興味があるって云ったら展示会に誘ってくれたんだ。それから時々コレクションを見せてもらったりしてる」

「ふーん……」

タオルをしまい終え、離せ、と云うようにとんとんと恭介の手を叩く。

恭介はぎゅっと力をこめて彼を抱いた。薄い肩に片頰《ほお》を埋める。

「朔夜さん……なんでうちに来たの？　あいつのところじゃなく」

「自分で来いってしつこく云ったんじゃないか。忘れたのか」

朔夜は呆れたように、恭介の指を一本一本剝《は》がそうと試みる。開いた指から順に閉じていくので、きりがない。

「迷惑だった？」

「助かった。他にあてもなかったし」

「セフレは？　誰か一人くらい泊めてくれたんじゃねえの？」

「……彼らとは、プライベートなつき合いはしない」

朔夜は不機嫌そうに、ぴしりと云った。

「セックスって究極のプライベートじゃねーの」

「だから……一緒に食事するとか、そういうことだよ」

「一緒にメシも食わないの？　なんで？」

「さあね。離せよ」

恭介の手をぎゅっとつねる。耳が真っ赤だ。

「じゃあなに、ホントにやるだけのつき合い？　信じらんねえ。そんなの楽しい？」

「勝手だろ。ほっといてくれ」

「おれならそんな寂しいことしないよ。なあ、この際、おれに乗り換えちゃいなよ。ぜったい退屈させないから。男とは経験ないけど……朔夜さんになら、なんだってしてあげられる……」

「ばか云ってないで……」

肩をよじらせる朔夜の耳が、ますます赤くなっていく。

あ、ダメ、かわいい、キスしたい……桃色の耳朶《みみたぶ》に誘われるように、ふらふらと顔を近づける。

あとほんの一センチ……のところで、背後の不穏な気配に気づいた朔夜が、顎を両手でがっしりブロック。

「なにするんだ」

「キスするんだ」

「ちょっ、こら、樋口っ……」

細腰を抱きよせ、ぐぐぐ……とブロックを押し切ろうとする。両手を突っ張り、思い切り顔をそらして逃げようとする朔夜。

そこに、玄関のチャイムが来客を告げた。

「お客さんだよ」

「いいっていいって」

「よくない。ほら、早く！」

朔夜はなおもキスを迫る朔夜の顎を、両手で必死に押し退ける。恭介も負けじとぐいぐい細腰を抱きよせる。

「いーじゃんキスくらいっ」

「よくない！　嫌がることしないって誓っただろっ」

「気持ちいいことしないとは云ってない」

「この……詐欺師ッ！」

ガツン！　と側頭部に衝撃が走った。いってーっ、と頭を押さえて蹲る。

「もう一発喰らいたいか？」

斜《はす》かいに、朔夜が怒りの眼差《まなざ》しを突き付けた。その左手にヘアスプレー缶。

「いてて、ブ、ブレイクブレイク」

「まったく……二度めはないぞ、反省しなさいっ」

朔夜は肩を怒らせて洗面所を出て行った。

あたた。やっぱ調子に乗りすぎたか。

頭を押さえ、よたよたと玄関のドアを開ける。高級スーパーの紙袋を抱えた美少女を見たとたん、恭介の顔がすっと凍った。

牧野涼香《まきのすずか》。

「こんばんは。よかった、家にいて。ケータイ出ないから直接来ちゃった」

「……なんの用だよ」

勝手知ったるとばかり、さっさとサンダルを脱ぎかける涼香の前に、不機嫌な顔でズイと立ち塞がる。

「夕ご飯一緒に食べようと思って。まだでしょ？」

「帰れよ」

「どうして？　いいじゃない、ご飯くらい。恭介の好きな生春巻作ってあげる」

「客が来てるんだよ」

「いいわよ、たくさん材料買ってきたから。誰？　あたしも知ってる子？」

「涼香さん」

不機嫌な声を出す恭介を、涼香は、潤んだ瞳で見上げた。

「……なによ。色気抜きなら食事くらいつき合うって云ったの、恭介でしょ。それもダメだっていうの？　そんなに嫌いになっちゃったの？」

「そういうことじゃなくて……ちょっと、とりあえず外出ようぜ」

奥に朔夜がいる。ここで修羅場になるのはごめんだ。ったく、この間きちんとケリは付いたと思ってたのに。

うんざりしつつ涼香を玄関から連れ出そうとする。と、涼香の顔がサッと強張った。

「……なんで？　どういうこと？」

廊下に、朔夜が立っていた。困惑の面持ちで二人を見ている。

「客が来てるって云ったろ。だから悪いけど帰ってくれない？」

「なんであたしが！　あいつを帰せばいいでしょ⁉」

美少女は屈辱に青ざめて、恭介の手を振り払った。見たこともない怒りの形相で朔夜を睨みつける。

「なんであんたがここにいるのよ。なに？　まさかホントにデキてんの、あんたたち？　やめてよ、男同士で気持ち悪い」

「おい。いいかげんに……」

「だいたい、あんた、どっかおかしいんじゃないの？　男のくせに恭介に色目使って、家にまで……どんな手使って恭介のこと騙《だま》したわけ？　あんたのせいで恭介はおかしくなっちゃったのよ。それまであたしたち、すごくうまくいってたのにっ……」

「いいかげんにしろ！」

涼香はビクッと口をつぐんだ。引き攣《つ》った顔。さらに怒鳴りつけたい衝動をギリギリで抑え、恭介は唸《うな》るように低く云い放った。

「もううんざりだ。帰れ。二度とおれの前に顔見せるな」

「う……」

大きな目に、みるみる涙が盛り上がる。

涼香は持っていた紙袋を恭介の胸に叩きつけ、身を翻した。玄関中に袋の中身が飛び散った。

「……いくらなんでも、女の子相手に、あの云い方はないよ」

開けっぱなしの玄関から、涼香が走り去った庭を見つめ、朔夜が静かに云った。

恭介は黙々と、三和土に散らばった食材を集めた。潰《つぶ》れたトマトやイチゴのパック、缶詰などを、順序かまわず袋にぶち込む。

「追いかけたほうがいいんじゃないか？……泣いてたよ」

「追っかけてどうしろってんですか」

「どう、って……」

と朔夜は云い澱む。

「とにかく、あのままじゃかわいそうだろ」

「……いいかげんにしろよ！」

キウイフルーツをタイルに叩きつけた。青い果肉がパシッと弾け飛ぶ。

「あんたなに考えてんだ⁉　おれの気持ち知ってて他の女に優しくしろって⁉　ちっとはデリカシーってもんがねえのかよ！」

朔夜の頬にサッと朱が上った。

「デリカシーがないのはそっちもだろ！」

「へっ？　おれ？」

意外な切り返しに気勢を殺《そ》がれ、恭介は目をパチパチさせた。

ミルク色の頬を紅潮させた朔夜は、ハッとしたように口を噤《つぐ》んだ。気まずげに顔を背ける。

「あの、おれ……なんかしました？」

「……なんでもない」

「けど」

「なんでもないって云ってるだろっ」

気まずい沈黙が落ちる。

先に口を開いたのは朔夜だった。

「……雑巾《ぞうきん》、取ってくるよ。シミになる」

「……はい」

恭介は残りの食材を拾い集めた。玄関に潰れた果物の甘い匂いが立ちこめていた。


「ふーん、牧野涼香、とうとうキレたか。ちょっと見たかったかも、それ」

電話口で、まり子はおかしそうに含み笑った。

雰囲気の重い夕食を終えると、朔夜はすぐ客間に引っ込んでしまった。することもなく一人だらだらとゲームをやっていたところへ、まり子から電話がかかってきた。

「しばらく夜道に気をつけなさいよ。根に持つから、あのタイプは。プライド高いし」

「そうするわ。あーあ、今日はロクなことねーな。朔夜さんにはデリカシーがないって云われるし……」

「ほんとのことじゃない」

……おい。

「猪突《ちょとつ》猛進が恭介の取り柄でしょ。そんなの気にするなんて、らしくない。それこそほんとに先輩のせいでどうかしちゃったんじゃないの？」

「かもな……。こんな気持ちになるの。生まれて初めてだ」

いつもの自分ならもっと強引になれるはずのことも、すぐにグラついたり気弱になったり。気分はアップダウンが激しいし、舞い上がったと思うとすぐ地面に叩き落とされて。二十四時間、寝ているときも朔夜のことを考えて、胸は痛いし苦しいし。確かに、あの人のせいでどうかしてる。

「恭介からそんな言葉が聞けるとは思わなかった」

「……んだよ、茶化すな」

「そういえば、月岡さんが云ってたわよ。恭介くんの遅い初恋だから、温かく見守ってやろうねって」

初恋？

「よせって、高二で初恋ってどんだけ奥手だよ」

「じゃあ、恭介の初恋って誰？　隣の部屋に寝てるだけでドキドキして夜も眠れなくなるような相手、いままでいた？」

「それは……」

云われてみれば、ドキドキする前にやることやってた気がする。

そうか。朔夜さんが特別なのは、これが恋ってやつだからなのか——

「だからニブチンだっていうの」

「っせーな。あれ？」

階下で玄関のチャイムが鳴っている。

「誰か来た。なんだ、こんな時間に」

「また牧野涼香だったりして」

「やめろ、シャレにならねー」

電話を切って玄関へ下りる。鍵を開けた途端、頭にカーラーをつけたガウン姿の中年婦人が泡を食って飛び込んできた。いつも陽気な隣家のおばさんだ。

「大変！　大変よ！」

喚きながらものすごい力で恭介の手をひっぱる。

「火事よ、火事！　燃えてるのよ、お宅の駐車場が！」

「は……はあっ？」

「消火器！　早くっ！」

9

幸い、消防車が到着する前に鎮火することができた。

「火の気《け》のないところですからねえ。放火の疑いが濃いですな」

通報で駆けつけ、ざっと現場検証をした警官の一人が、難しい顔で恭介に説明した。

車二台分のスペースがあるシャッター付きガレージ。火元は、隅にまとめてあった新聞紙の束だった。

「車はお袋が会社に乗っていったままです。シャッターは閉めてありました」

「火が出たときには開いていた、と。鍵は掛からないんですね？」

消火器と、庭から引っ張ったホースの水でびしょ濡《ぬ》れの恭介は、肩からバスタオルにくるまっていた。五月といえど、まだ夜風は冷たい。第一発見者で消火に協力してくれた隣家の主人と朔夜も、同じような格好で震えている。

「最近、不審な人物を見かけませんでしたか」

記憶にない。朔夜や隣家夫妻も同じ答えだった。

「こちらのお宅、警備会社のサービスに入ってますよね？　門にシールがありましたが」

「あ、はい、けど普段はスイッチ切ってて。いちいち面倒なんで」

「ふーむ……」

「矢田《やだ》さん、ちょっとこれ」

もう一人の若い警官がガレージの裏手から手招く。行ってみると、「火気厳禁」と大きく書かれたオイルの缶が、植え込みの陰に隠してあった。普段ガレージの隅に置いてある物だ。

「犯人がわざわざ運んだんでしょうかね。どういうことですかね、可燃物を遠ざけて火をつけるって……」

「引火して大きな火災にするのが怖かったんだろうな。騒ぎを起こして楽しむ愉快犯てやつですか、近ごろ増えとるんですよ、そういうバカ者が。この程度のボヤですんで不幸中の幸いでしたよ」

全員が不安げに頷《うなず》き合った。そこへ――

「朔夜くん⁉　なにがあったんだ、この騒ぎは⁉」

「……まーた出やがった」

突如、庭に現われた石井の姿に、恭介はげんなりと明後日《あさって》の方向を向いた。しつっこいやつ。ゴキブリかっつーの。朔夜も目を丸くしている。

「石井さん、どうして……」

「何度携帯に電話しても出ないから、気になって来てみたんだ。いったいなにが……火事⁉

怪我《けが》は？　ああ、よかった……虫が知らせたんだな、きっと」

虫は虫でもお邪魔虫だっつーの。

もう深夜ということもあり、本格的な調査は明日に回されることになった。

「パトロールを強化いたしますので、安心しておやすみ下さい。もし不審な人物を見かけたらご一報を。すぐに駆けつけます」

若い警官が、帽子のつばにピシッと指を揃《そろ》えた。

「犯人はセキュリティのスイッチが切られていることを知っていて、庭に侵入した可能性がある。ひょっとしたら君の身近にいる人間かもしれない。じゅうぶん用心しなさい」

立ち去りざま、中年の警官がひそっと恭介に耳打ちした言葉が不気味だった。

「朔夜くん、早く荷物を纏めてきなさい」

石井が朔夜の腕を摑《つか》み、玄関に引っぱった。

「放火されるような危険なところに置いておけないよ。それに、ぼくの家にいるほうが、彼だって安心できるんじゃないかな。ねえ、君、そうだろ？」

それには、恭介も不承不承ながら頷くほかなかった。朔夜を危険に晒すよりは安全な場所に避難させるべきだ。……けど。

「べつにあんたの家じゃなくたっていいだろ。ホテル取りますからご心配なく」

恭介に強引に手を剝がされ、石井は憤慨したように顔を強張《こわば》らせた。

「必要ない、ぼくの知っているホテルに部屋を取るよ。君の口出しは無用だ」

「そっちこそいちいち口出してくるなよ。関係ねーだろ」

「未成年の君こそ黙っていたまえ。朔夜くんはぼくが責任を持って預かる」

「あんたになんの権利が」

「二人とも、勝手に話を進めないでもらえませんか」

朔夜が、怒りのこもる声で二人を黙らせた。

「石井さん、もう遅いですからお引き取り下さい。樋口、中に入ろう。早く乾かさないと風邪ひくよ」

「しかし朔夜くん！」

「けど朔夜さん！」

「深夜に近所迷惑だろう。それに」

母屋《おもや》に戻りかけた足を止め、振り返った朔夜は、きっぱりと云った。

「自分の身の振り方くらい自分で決める。放火されるような危険なところに、君を一人にしておけるわけないだろ」

凛《りん》とした顔つきに、思わず見とれた。

「放火⁉」

アイスクリームを舐《な》めながら歩いていたまり子は、びっくり眼《まなこ》で傍らの恭介を見上げた。

初夏のような汗ばむ陽気。衣替えはもう少し先だが、下校の生徒は皆ブレザーを脱いでいる。恭介も上着を片手に下げて、いつものようにネクタイをだらしなく緩めていた。

「ガレージに置いてあった新聞に灯油かけて火をつけたらしい。殺意があれば母屋に火を付けるだろ？　だから愉快犯だろうってさ。あー眠ぃ……夜中に消防車来て大騒ぎだよ。おまえ気がつかなかったのか？」

「全然。あれからすぐお風呂入って寝たから」

いくらマンションが二重窓だからって、ナイロンザイル並みの神経だ。

「それにしても、放火ねえ。……女の恨みでも買ったんじゃないの？」

「やめれ。マジでシャレにならん」

ただでさえ、涼香とあんなことがあったばかりだ。まさかそこまでするとは考えたくないが。

だが、ターゲットが恭介ならまだいい。心配なのは、朔夜のストーカーのことだ。

恭介の家に来てから被害は収まっているが、今回の放火はストーカーの仕業という可能性もある。ボヤですんだものの、一歩間違っていたら……背筋が寒くなる。

セキュリティのスイッチをちゃんと入れておけばよかった。モニターに犯人が映っていたかもしれないのに。油断した。

「そういえば、草薙先輩は？　一緒に帰らないの？」

「あー……なんか、用があるって先に帰った」

例の一年坊主の買い物に付き合う約束をしたらしい。恭介も付いていくつもりだったのだが、帰り際、昨日授業をサボったことで呼び出しを食らい、その隙に逃げられてしまったのだ。携帯に電話してみたら、もう用を済ませて帰るところだった。

「それにしても、火事か……。恭介はともかく、先輩にはホテルにでも移ってもらったほうがいいんじゃない？　二回も続けてそんな目にあったら気持ちも不安定になるだろうし」

「いっやー、よくぞ聞いてくれました！　それがさーっ、おれはホテルに移ったほうがいいって云ったんだけど、「こんな危険なところに君を一人にしておけるわけないだろ」……くーー！　格好いいのなんのって、惚れ直したね！」

「あっそ。ごちそうさま」

まり子は食べ終えたアイスの棒をゴミ箱に放り、すたすたと通りの花屋に入っていく。戻ってきたときには、小さなガーベラの花束を持っていた。

「はいこれ、火事見舞い」

「サンキュ。こういうの先輩好きそうだから、喜ぶよ」

「べつに先輩のためじゃないわよ。男二人じゃむさくるしいだろうと思っただけ。あ、でも、ちゃんとセキュリティは入れておきなさいよね。恭介一人ならともかく先輩がいるんだから。べつにあの人の心配してるわけじゃないけど。……なによ」

眉をそびやかして幼馴染みを睨む。恭介は肩を竦め、花束の匂いを嗅いだ。

「おれ、おまえのそういうとこ好き。やっぱ先にプロポーズしたの、おれだったかもな」

「その話、もう先輩の前ではしないほうがいいわよ。また機嫌悪くなるから」

「あ？　なんで？」

「なんでって……。ほんっとニブチン」

ニブチン云うな。

「あ、そこでおれ夕飯の買い物してくわ」

恭介は通り沿いの大型スーパーを指さした。

「近所のスーパーですれば？」

「あそこのが野菜が安いんだよ。肉もいいもの揃ってるし」

「ふーん。このチャンスに先輩の胃袋を摑もうってわけ？」

「ま、そんなとこ。二回も火事にあって疲れてるだろうし、なんか美味《うま》いものでも作ってあげたいと思ってさ。おれ、他に取り柄ねーし」

まり子はしみじみとした眼差しで幼馴染みを見つめた。

「やっぱり恭介、変わったかもね。野菜と魚ぶら提げて地下鉄乗るようなキャラじゃなかったのに」

「恋って人を変えるんだよなー……おまえも早く男作れよ」

「ほっといて」

そこで別れ、恭介はスーパーに向かった。カートを押しながら、あれこれメニューを組み立て、食材を吟味する。

まり子にはああ云ったものの、味覚障害の朔夜の胃袋を摑むのは、どんな料理人でも無理だろう。だけど、せめてうちにいる間くらい、栄養のある温かいものを食べさせてやりたい。味気ないコンビニ弁当や、できあいの総菜じゃなく。

味がわからないなら、食感でバリエーションをつけられないだろうか。タコはゴムみたいで嫌かな。ジャコと春菊のかき揚げ、パリパリしていいかも。おっ、骨付きラムが美味そう。網焼きにしたらどうかな。もっと歯ごたえのあるもののほうがいいかな?

さらに、駅前のベーカリーで、明日の朝食用に焼き立てクロワッサンとバゲットを買った。膨らんだ買い物袋を二つと鞄を抱え、混雑する地下鉄の階段を下りていく。

ちょうど電車が出た後で、ホームはガラガラだった。恭介はホームの一番前に立っていた。かさばる荷物を抱え直したときだ。後ろから腰をどんっと突かれた。

よろけて、ホームから足を踏み外しそうになった。その背中を、今度ははっきりした意思をもって、二つの手が突き飛ばした。

あっと思う間もない。恭介は頭から線路に落ちた。

「きゃーッ！」

「誰か駅員呼べ！　人が落ちたぞ！」

「う……く……っ」

恭介は強打した右肩を押さえ、痛みに呻《うめ》きながら体を起こした。

ホームから大勢が恭介を見下ろしている。

そのとき、眩《まぶ》しい光が右手からカッと恭介を照らした。

警笛に誰かの悲鳴が被《かぶ》さった。

10

「どうしたんだ、その格好⁉」

玄関に出迎えた朔夜は、満身創痍《そうい》の恭介の姿を見て息を飲んだ。

右手は包帯でがんじがらめにされ、三角布で首から吊《つ》っている。制服は土埃《つちぼこり》にまみれて、頬には大きな傷テープ。こめかみには青黒い痣《あざ》が出来ている。

「ちょっと駅の階段でコケちゃって」

「ちょっとじゃないだろ、なにがあったんだ」

心配そうに、首から吊った右腕を見ている。恭介は包帯をほどいて、腕を上下に動かして見せた。

「ただの打ち身だよ。大げさに巻いてあるだけ、大したことないって」

「本当に？　そうか……よそ見でもしてたのか？　危ないな。気をつけろよ」

危ないどころか、死ぬところだった。

咄嗟《とっさ》にホームの縁と列車の隙間に入り込んで、間一髪のところで難を逃れたが、十年は寿命が縮まった。

誰もが撥《は》ねられたと思ったのだろう。埃まみれの恭介がホームに這《は》い上がっていくと、周囲から生還を祝う歓声と拍手が沸き起こった。

手当てのあとで事情聴取を受けたが、これもさんざんだった。恭介が突き落とされたところは誰も見ておらず、イタズラかと疑われるわ、母子家庭で母親は海外出張中だと云うと、家庭に問題があって死にたくなったのかと問い詰められるわ。結局、月岡《つきおか》が身元引受人として駆けつけてくれたものの、何時間も拘束されてクタクタだ。

弁護士の月岡のおかげでホームから突き落とされたという恭介の主張は一応聞き入れられたものの、目撃者が出てくるかどうか。希《のぞ》みは薄そうだ。

断じて、混雑に押されて落ちたのではない。ホームに人はまばらだったし、なにより、二本の手の感触が、まだ背中に生々しく残っている。

あの手には、明らかな悪意があった。

(誰が、いったい……)

悪質なイタズラか。それとも──

(昨日の今日だからな……偶然じゃねえだろうな)

だとすると、一人、思い浮かぶ人物がいる。恭介が目障りで、火事を起こしてでも朔夜をこの家から追い出したい人間。

考えすぎかもしれない。いくら目障りだからって殺そうとまでするだろうか。だが、ストーカー行為もやつが犯人なら辻褄《つじつま》が合う。もちろん仔猫《こねこ》のことも知っていたはずだ。

朔夜に話すべきだろうか。でもそうなると、転落騒ぎのことまで話さなければならない。自分のせいで恭介が危険な目に遭ったことを知ったら、朔夜はきっと自分を責める。そうはさせたくなかった。

幸い、右上半身の打撲ですんだので、普通に立ち歩きする分には差し支えない。二階で服を着替えてリビングルームに下りていくと、朔夜がコーヒーを淹《い》れてくれていた。

「サンキュ。朔夜さん、メシは？　なにか作ろうか？」

「遅くなるって連絡もらったから、外ですませたよ」

「そっか。ちぇー、今日は朔夜さんにご馳走《ちそう》作ろうと思ってたのになあ。なに食ったの？」

コーヒーを飲んでいた朔夜が少し口ごもった。なんとなくピンときた。嫌なほうの予感だ。

「もしかして、あのオッサンとメシ食ったの？」

朔夜は気まずげに頷いた。

「……コンビニに買い物に行こうと思ったら、近くで会ったんだよ」

「………」

「でも、まさかそんな怪我して帰ってくるとは思わなかったよ。どうやってコケたらそんなことになるんだ？　樋口、運動神経いいのに」

「あいつのことが好きなのか？」

「……またその話か」

朔夜はうんざりしたように溜息《ためいき》をついた。

「なんとも思ってないって云ってるだろ。ただ食事しただけだよ」

「あんたはそうでも、あっちは違うだろ。あいつは、あんたを抱きたいと思ってる。目を見りゃわかるさ。同類だからな」

「バカ云うな。あの人から一度だってそんな関係を迫られたことはない」

恭介は短く笑った。

「インポじゃねえの？」

朔夜の目に軽蔑《けいべつ》が浮かぶ。

「石井さんは紳士なんだよ。誰かと違ってね。自分の物差しで人を測るな」

「どこが紳士だよ。あんたの周りでなにか起きるとすぐ嗅《か》ぎつけてくる。昨日の火事だってあんなタイミング良く来るか？　メチャクチャ怪しいだろ。ストーカーはあいつなんじゃねえの？」

「いいかげんにしろ、言葉が過ぎるぞ」

「現に今日だって――」

「今日？」

恭介はチッと舌を鳴らした。うっかり口を滑らせるところだった。

「昨夜の火事を心配して様子を見に来てくれただけだよ。それに断ってばかりじゃ悪いだろ」

「そうやって、誰にでもいい顔してりゃいいと思ってんの？　そういうのが一番残酷なんだよ。望みもないのに思わせぶりに期待させて、なぶり殺しにしてるようなもんだろ。あの一年坊主だってそうだ。あんたがちゃんとケリつけてくれなきゃ、いつまでだって……」

詭弁《きべん》だ。

あいつらのことなんかどうだっていい。どっちつかずの態度にイライラしてるのはおれのほうだ。朔夜の一言に一喜一憂する彼らが、自分にダブって……みっともなくて、哀れで、歯痒《はがゆ》くて……見ていられないのだ。

「……期待なんかさせてるつもりはないよ」

カッとした。腹の底から怒りがぐわっとこみ上げた。

「ああ、そうか。勝手に期待してるほうがバカってことか。――人を見下すのも大概にしろよな」

「見下してなんか……」

「してるだろうが！」

怒鳴りつけられ、朔夜はびくっと身を竦《すく》めた。

青ざめた顔。だが、恭介も止まらない。

「よーっくわかったよ。あんたが誰にでもニコニコするのは、人のことなんかどうだっていいからなんだ。自分以外には興味ないんだ。友達も後輩もセフレもおれも石井も本当はどうだっていいんだろ。あんたは他人が自分の一言で翻弄《ほんろう》されるのを高いとこから見下ろしてるのが好きなんだ」

朔夜が恭介の頰を殴った。憤怒に燃え立つ闇《やみ》色の目。虹彩の紫色が濃くなって赤に近い。美しかった。恭介は頰の痛みも忘れ、息を飲んで見とれた。

「……そうだよ。腹が立ったらそうやって意思表示しろよ。迷惑なら迷惑って云えよ。嫌いなら嫌いって云え。どうでもいいって態度だけは取らないでくれよ」

朔夜は憤りをこらえるように、肩で大きく息をついている。

恭介は、そのなめらかな白い頸《くび》にそっと触れた。

「……好きだよ」

ぴく、と頤《おとがい》が震えた。

「あんたが好きだ。好きで好きでたまんねえよ。あんたがおれを好きになってくれるなら、他のどんなものと引き換えにしたっていいよ。けど哀れまれるのだけはごめんだ。かわいそうなんて、死んだって云われたくない。それくらいなら……嫌いだって云われたほうが百倍マシだ」

「……」

熱っぽい頰を両手でくるみ込む。朔夜は、どこか痛みをこらえるような表情で恭介を見つめている。

「云ってくれよ……嫌いだって。おれを好きになる可能性なんかないって。突き放してくれよ。あんたの口から聞くまで諦められねえよ……！」

朔夜は、なにかに耐えられなくなったかのように目を伏せた。

「……嫌いなやつの世話になんかならない」

「ほら、そうやって、人に期待させるようなことばっか云う。だからみんな誤解するんだ。チラッとでも自分のことが好きなのかもって勘違いするんだよ」

朔夜はカッとしたように恭介の手を払い落とした。

「それのなにが悪いんだ。人と摩擦を起こしたくないって思っちゃいけないのか。見下してなんかない。誰もが樋口みたいにズバズバ物を云えるわけじゃないだろ」

「あんたは無意識でやってるのかもしれない。けど、無意識だって……罪だよ」

「君だって！」

自分の声の大きさに驚いたように、語尾が力なく口の中に吸い込まれる。

「君だって……ぼくを翻弄するじゃないかっ……」

「ああ、してやりてえよ！　あんたをおれで一杯にして他の男のことなんか考えられなくしてやりてえよっ」

爆《は》ぜる思いのまま、細い体を、巻き込むように抱き締めた。

ソファに倒れる。甘く香る黒髪に頬をすりつけた。

云いようのない切なさが、後から後から溢《あふ》れてくる。

苦しい……。なのにどうして、こんなに……愛しい……?

「嫌いだって、云えよ。……諦めるから。二度とあんたにつきまとわないから」

「……嘘つけ……君がそんなに諦めのいい男だとは思えない」

「諦めるなって聞こえる」

「誇大解釈だ」

「目を見て云えよ」

細い頸をとらえ、正面から覗《のぞ》き込んだ。恭介を映した瞳が、うろたえたように揺れる。

「おれの目をちゃんと見ろ。おまえなんか嫌いだって云え」

「樋口……」

「云えよ。……云ってみろよ……」

唇を吸った。しっとりと熱い唇だった。

「云ってくれよ……朔夜さん……」

キスをくり返す。何度も。呼吸を忘れるようなやつを。何度も何度も。頑《かたく》なに結ばれた朔夜の唇がしっとりと濡れて、わずかな隙間を押し開いた舌の求めに応えてくれるまで。

やがて、互いの吐息の熱さが同じになって、脳髄《のうずい》までとろけるほど気持ちよくて——しっかりと合わせた胸、どちらのものともつかず鼓動が速い。

そして気づいた。重ねあった朔夜の下肢が、欲望を兆しているのに。

「朔夜さん……」

柔らかな耳朶を歯で挟む。目に見えるほどビクリと体が跳ねた。

「はなせ……っ」

「いやだ」

「やめてくれ、頼むからっ……」

震える声の訴えを聞かず、恭介は朔夜の股間《こかん》に太腿《ふともも》をすべり込ませた。あッ…と朔夜が息をつめる。

この膚《はだ》に直に触れるのは二度めだ。でもあのときとは違う。いま朔夜の体ははっきりと恭介を求めている……受け入れようとしている。体の芯がカアッと熱くなった。

肩までずり落としたシャツの合わせ目から手を滑り込ませる。

吸い付くようにしっとりとして、柔らかい。女でもこんな膚はめったにいない。胸の尖《とが》りに触れる。朔夜がきつく眉をしかめ、ぶ厚い肩を押しのけようとする。そんな反応だけで、もうデニムの中はきつくなっている。

こんなに興奮するのは、相手が朔夜だからだ。

彼のすべてが恭介を燃え立たせる。頬に触れる吐息だけで。熱っぽく潤んだ瞳が、心もと

なく見つめるだけで……。

まだすべてを開こうとしない体のこわばりをほどくように、ゆっくりと、耳朶の下へ舌を這わせた。

痕《あと》を残すように強く吸うと、恭介の肩を押し返そうとする手に力がこもる。それさえも誘う仕草に思えた。

「あっ……待っ……！」

ずり下ろしたチノパンから開放した性器を、口の中に迎えた瞬間、鋭い呻き声が、喉をのけぞらせた朔夜の唇から漏れた。

硬くて、熱くて、そして柔らかいような、奇妙な舌触りだった。男の性器に触るのも初めてなら、口に含んだのももちろん初めての体験だ。過去に女たちにしてもらったことを思い出しながら、深く吸い込むように咥《くわ》え、舌を使い、唇と手で扱《しご》いた。

朔夜は両手で恭介の髪を摑んで引き剝がそうとする。だがそれも、快感の奔流に飲まれ、次第に弱々しいものに変わりつつあった。

先端をちろちろと舌先で責めながら、上目遣いに朔夜の表情を窺《うかが》う。下唇を嚙《か》み縛り、眉をひそめて必死に声をこらえている辛そうな表情が、いっそう興奮を煽《あお》り立てた。きっちりと留めたデニムの前立ての中で、恭介も苦しくなってきていた。

「うッ……」

苦心して片手で自分のジッパーを下ろしながら、愛撫《あいぶ》がおろそかになる分、少しきつめに乳首を揉《も》みしだいてやると、朔夜の肢体が、釣り上げられた魚のようにビクンと跳ね上がった。

「や……めろッ……」

「やめねえよ」

ぬるっと口から引き抜いた朔夜を右手に持ち替え、じわりと力を加えた。本能的な恐怖に体を竦ませた朔夜に、上目遣いに、低く囁《ささや》く。

「今日は勘弁しねえよ。めちゃめちゃに悦《よ》がらせてやる」

「樋口……」

朔夜は怯《おび》えたようにかぶりを振った。潤んだ瞳が、またあの、柘榴《ざくろ》のような暗い紅色に変わっていた。

「……きれいだ……」

白い頤に手を添え、ぎゅっと閉じられた唇を、恭介は乱暴に貪《むさぼ》った。

そうしながら、とろけるような快楽を与えるために、なめらかな太腿のさらに奥を片手でまさぐる。

「やめ……あ、あぁ……」

よほど感じやすいんだろう。黒髪を振り乱して何度もかぶりを振る姿は、どうにかして理性を保とうとしているように見える。それくらい快楽に弱いってことだ。心は嫌がりながら、それでも体は敏感に反応して、淫《みだ》らに燃え上がっていく。だが嫌がれば嫌がるほど男は欲望を掻《か》き立てられる。この手でもっと淫らに、もっと狂わせてやりたくなる。

「や、めっ……樋口っ……」

小さな引き締まった尻の狭間《はざま》に指を這わせる。窄《すぼ》まったアヌス。もっと躊躇《ためら》うんじゃないかと思っていたが、朔夜の体の部位だと思うと却《かえ》って興奮が増した。指を唾液《だえき》で湿らせ、ゆっくりと貫いていく。

「すげ、熱い……」

「くっ……あ、あっ」

「ここ？　ここが感じるの？　教えてよ。先輩……」

朔夜は激しくかぶりを振った。悶《もだ》えながらソファをずり上がる。

引き戻そうとする恭介と小競り合いを続けながら、ソファから伸ばした手が、壁際のコンソールテーブルの脚を摑んだ。テーブルがギギ…と音を立てて床を引きずられ、上にのっていた電話がガタンと床に落ちる。

その弾みで、留守番電話の再生スイッチが入った。

『もしもーし、恭ちゃーん？』

やたら陽気な女の声が、スピーカーから流れてきた。

黒崎あつし
[憂える姫の
恋のとまどい
ill.テクノサマタ
●600円(本体価格571円
和泉 桂
[当世恋愛事情
ill.佐々成美●620円(本体価格590円
一穂ミチ
[ステノグラフィカ]
ill.青石ももこ●600円(本体価格571円
森田しほ [深海の太陽]
ill.山本小鉄子●580円(本体価格552円)
ひちわゆか
[暗くなるまで待って]《文庫化》
ill.如月弘鷹●650円(本体価格6192円)
きたざわ尋子
[優しくせめないで]《文庫化》
ill.広乃香子●600円(本体価格571円)
砂原糖子
[Fuckin' your closet!!]《文庫化》
ill.金ひかる●650円(本体価格619円)
7月刊
毎月15日発売
ルチル文庫創刊7周年記念全サ実施!!
幻冬舎ルチル文庫
2012年8月17日発売予定
予価各560円
(本体予価各533円)
崎谷はるひ[あなたは怠惰で優雅] ill.蓮川 愛
真崎ひかる[夢みるアクアリウム] ill.麻々原絵里依
和泉 桂[七つの海より遠く] ill.コウキ。
玄上八絹[トイチの男] ill.三池ろむこ
松雪奈々[ウサギの王国] ill.元ハルヒラ
愁堂れな[裏切りは恋への序奏] ill.サマミヤアカザ《文庫化》

全世界待望の
BIRZ EXTRA
AXIS POWERS
国擬人化ゆるキャラコメディ
ヘタリア
5
日丸屋秀和
7月31日㊋
発売!!
月刊コミックバーズ掲載分に加え、描き下ろし作も盛りだくさん!
【特装版】はもちろん小冊子つき!
月刊コミックバーズと連動の
応募者全員サービスも実施!
バーズエクストラ＊A5判＊【通常版】1050円(本体価格 1000円)／【特装版】1260円(本体価格 1200円)

恭介はギクッとして顔を上げた。

『里美《さとみ》でーす。携帯どうしたの、繋《つな》がらないけど。また夜遊び？　しょうがないわねー、また電話するわね』

……ピーッ。

「……あっ……あのー……いまの、お袋……」

「……………」

「あっ、その目！　信じてねーなっ？　マジだって！　おれはあんた一人に貞操捧げてるんだぜ？　他の女に目が行くわけが……」

『恭介はんどすか？』

云い終わらぬうち、だ。

はんなりとした京言葉が、スピーカーから流れてきた。

『〝しのや〟の紅奴《べにやっこ》どす。近ごろ、ちぃっとも呼んでくれへんのどすなあ。恭介はんのためなら、うち、いつでもお座敷蹴《け》って飛んで行きますえ……』

『こんばんは、ミサです。いまニューヨークにいます。会えなくてさみしいわ。帰ったらまた電話します』

『チハルだよ～ん。なんで携帯切ってんのォー？　いまミカコと渋谷ー。恭介も来なーい？』

「……クッ……」

慌てて床の電話に飛びつき、延々と続くメッセージを消去した恭介の背中で、こらえきれない、といったふうに、朔夜が笑い声を上げた。

クックッと忍び笑いながら、ソファからゆっくりと脚を下ろす。

そして、恭介に背中から抱きつくと、胸板の厚みを計るように両腕を回してきた。首筋にそっと唇が押し当てられる。

「さっ……朔夜さん……？」

背中にぴったりと重なった肢体のぬくもり、うなじに感じる唇の柔らかさに、恭介はゾクッと慄《ふる》えた。全身の血がざわめき、鼓動が一気に跳ね上がる。

「ずいぶんあちこちにママがいるんだな」

熱い唇が耳殻を咬《か》むようにして、甘くハスキーな声を吹き込んだ。

「気の多い男だ。〝朔夜さん一人〟に貞操を捧げたってのは、口だけか？」

「え……——うわっ⁉」

いきなり、思わぬ力で床に引き倒された。テーブルの角に右腕をぶつけ、恭介が苦痛に呻くのにも構わず、朔夜が上からのしかかってきた。

なにが起きたのかわからなかった。朔夜は、恭介の両膝《りょうひざ》の狭間に腰を滑らせたかと思うと、もろ出しのままだったペニスをその唇ですっぽりと咥えたのだ。

「え、ちょっ……えええッ⁉　朔夜さ……っ」

息が詰まった。目の裏で火花が散った。

きつくそり返った恭介のものをすっぽりと覆った唇と舌が、まるで生き物のように熱くまといつき、恭介を翻弄する。手の平と十指も一時も休まない。

片手で大きく扱きながら、舌腹でゆっくりと舐め上げ、尖らせた舌先で雁首をちろちろと刺激する。鈴口を優しく吸ったかと思うと、すっぽりと根元まで咥え、頬を窄めて頭を上下させる。両手も片時も休まず、射精をせき立てるようにやわらかく双玉を揉んだり、太腿の内側をそっと愛撫してくる。

「あ……く……っ……」

仰向けに寝そべったまま、身動きもままならず、恭介はただただ喘《あえ》いだ。

先端から先走りの液がじくじくと染み出していた。裏側の一番弱い部分を何度も舌でなぞり上げられ、いやらしい音を立ててしゃぶられると、びくびくと腰が跳ね、自分のものとは思えない女々しい声が漏れた。

いい……ものすごく……。こんなすげえの……はじめて……だ……。

「く……ッ」

射精の瞬間、朔夜の顔を押し退けようとしたが間に合わず、口の中にすべて放ってしまった。どろりとした液体が、桜色の唇から零れ、顎に伝い落ちる。

朔夜はそれを親指で拭《ぬぐ》って舐め取ると、まだ固さを失っていないペニスにも舌を伸ばし、美味《おい》しそうに音を立てて舌で清める。荒い息をつきながら、恭介は信じがたい思いでそれを見下ろしていた。

「……美味しい……」

両脚の間からゆっくりと顔を上げた朔夜の美しい顔からは、先ほどまでの苦悶《くもん》は、跡形もなく消え失《う》せている。

ゴクリと生唾《なまつば》を飲み込んだ。

妖《あや》しいまでの変化だった。唾液と精液でぐしょぐしょの唇を、ピンク色の舌でぺろりと舐め取る。とろりと濁った紅色の瞳。うっすらと汗ばんだミルク色の膚《はだ》……。

これは――誰だ。

冷たい戦慄《せんりつ》が恭介の全身を貫いた。

別人だ、まるで。いったいどうなってるんだ？　いつもの朔夜が先染めの桜なら、目の前にいるのは大輪の真っ赤な牡丹《ぼたん》のように妖艶《ようえん》で……これが本当にあの朔夜……なのか？

恭介の混乱をよそに、朔夜は、見せつけるように人差し指をしゃぶりながら、片手を自分の股間に潜らせて、淫猥《いんわい》な動きをくり返していた。細い腰がシャツの下で誘うようにゆらゆらと弾む。

それを目にした瞬間、またドクンと股間が脈打った。朔夜が怪しく微笑《ほほえ》み、またゆっくりと股間に顔を伏せる。熱い粘膜が恭介を包み込んだ。

「ウウッ……」

また、くる……！

新たなパニックと、この世のものと思えぬ凄まじい快感の奔流が、恭介を飲み込もうとしていた。

11

何度放ったのか――

下半身が泥のように重い。

だらりと床に仰向けに横たわった恭介の上に、朔夜はなおものしかかってくる。底を知らないかのように、手と口のあらゆる技巧を用いて、恭介を絞りつくそうとしていた。

凄まじい快感だった。

いままで知っていたセックスは、まだセックスの入口でしかなかった気がした。いや、まだセックスでさえないのだ。入口のまだ手前の段階でこんなに感じるのなら、本番はいったいどうなるのか。

仰臥《ぎょうが》した恭介の膝の間で、朔夜の小さな頭が、ゆっくりと上下している。

ぬめぬめしたピンク色の舌を先端に絡みつかせ、恭介の吐き出した精液を一滴も逃すまいと啜《すす》り立てる。

あさましい姿だった。

けれど、美しいのだ。桜色に上気したミルク色の膚。とろんと濁った、赤い瞳――

「うっ……うう……っ」

ドクッとまた朔夜の口の中に放つ。

それをすべて舐めつくし、顔を上げた朔夜は、血のしたたる大輪の緋牡丹のように、嫣然《えんぜん》と微笑んだ。

「朔夜……さん……」

恭介は、なおも股間に顔を埋めようとする朔夜を、そっと押し退けた。

「なあ、もうやめよう、あんた変だ……おかしいよ」

「……どうして?」

朔夜は、唇にこびりついた精液を指で拭いながら、不満そうに顔を上げた。

恭介を見つめるその双眸《そうぼう》は、柘榴の赤。

「なに遠慮してるんだよ、らしくないじゃないか」

挑発するように云う。朔夜のものではないような、ハスキーな声。

恭介の顎を、つ……と指でたどり、耳の中に息を吹き込む。

「やりたかったんだろうが、朔夜と? 年中スケベな目で舐め回してやがったくせに、いまさらいい子ぶるなよ……」

「……朔夜さん……?」

「溜《た》まってるんだろ?」

片手で恭介の股間を掴む。蠢《うごめ》く五指に、恭介は食いしばった歯の間から、こらえきれず呻きを漏らした。幾度となく嬲《なぶ》り抜かれたそこは、すでに痛みさえ覚えはじめている。

「そら。我慢は体に毒だぜ。出しちまえよ。おまえのザーメンは、濃くて、たっぷり量があって、美味いぜ……」

ピンク色の舌先でちろっと唇を舐め、朔夜は、にたりと笑った。

皮膚の下が、ぞーっと冷たくなった。

ちがう。

これは朔夜じゃない。

おれの知っている草薙朔夜じゃない。別のなにかだ。まったく違うものだ。なにかが取り憑《つ》いて、姿はそのまま、まったく別の人間になってしまったかのような――

「だ……」

恭介は、ひりつく喉で空唾を飲み込んだ。

「誰、だ、おまえ……」

朔夜は――いや、朔夜と同じ姿の、淫らな緋牡丹の化身は、恭介の髪をそっと撫で、ぞっとするほどなまめいた妖しい笑みを浮かべた。

「おれのことは朔夜に訊けよ。……愉《たの》しもうぜ」

「よせっ……」

荒い息をつき肘《ひじ》で体を起こそうとする恭介の腹に、押さえつけるように朔夜が馬乗りになる。

恭介の腹にぴったりと密着した熱い膚は、吸いつくようにしっとりと汗ばんでいた。

「もっと……」

精液の匂いをさせた唇が、恭介の唇をねっとりと塞いだ。

滑り込んできた舌は、焦げるように熱かった。繊細な舌先の愛撫に脳がとろけそうになる。

ここが底だと思っていた快楽に、まだ深みがあった。

もう役に立つはずがないと思っていたものが、股間でまたドクンッと脈打った。朔夜が、妖しく笑いながらそれを摑み、尻の狭間にあてがう。

「あ……」

「うっ……」

「ああっ……ん……」

白い喉をのけぞらせ、悦びの苦鳴をあげる。白い腰が淫らにのたくった。

体が溶けるかと思った。

熱さも柔らかさも締め付けも、それまで味わったどの女とも比較にならなかった。引けばきりきりと締めつけ、押せばねっとりと取り込むように蠢く。目眩《めまい》がした。脳髄に食らいついてくるような快感だった。

うつろな赤い瞳が、悦楽に歪《ゆが》んだ恭介の顔を映して笑う。尖らせた舌を差し伸べて、恭介の耳のピアスをぬちゃぬちゃと舐める。シャツの裾《すそ》から、まだ一度も達していない自分に、恭介の手を導く。

恭介はゆっくりと腰を使いながら、片手で彼の性器を扱いた。もう片手で、桃色に尖った乳首をくじってやると、朔夜は甲高い声をあげていっそう乱れ、締めつける具合も格段によくなった。

「くうっ……すげ…っ…」

「あ……あああっ……」

「う……いい……おれ、また……っ」

もう我慢できない。細腰を抱え直し、深く突き上げた瞬間、腕の中の体がサッと強張った。

「あ――」

「ああ、く……朔夜さんっ……」

「や――い…やだッ！」

「……え!?」

腹の上で、繫がったままの朔夜が突然もがいた。

「うわたッ！　ち、ちょっと待った、急に動……くうッ」

「やだ！　いやだ！　離せッ」

「うっ、お、折れるッ」

「やだ……やだっ！　いやだ！」

急にやめろと云われて引っ込むものじゃない。それに、朔夜のアナルはひくひくと収斂《しゅうれん》していて、恭介を離そうとしない。

「ごめんっ」

恭介は腹筋を使って体を起こし、細い腰を両手で抱え直した。朔夜の抗《あらが》いを、強靭《きょうじん》な腰のバネで封じ込める。

「あ、あっ、ああっ！　いや……いやだッ、あ、あっ」

「くっ……ごめ……もちっと……」

「やだぁ……っ」

突き上げるたび、朔夜の爪《つめ》が肩に食い込む。せわしい息遣いが途切れ、恭介の腹に熱い精液が飛び散った。恭介もすぐに限界だった。のけ反る体の最奥《さいおう》に熱い迸《ほとばし》りを浴びせかけた。

荒く弾む息を整えながら、汗ばんだ白い首筋にくちづける。

肩にしがみついていた朔夜が、ぴくりと身じろいだ。きつくつむった目から、涙が白い頬にあふれた。

「朔夜さん……」

「……」

朔夜がふわりと瞼を上げた。

潤んだ瞳は、もとの、紫がかった黒に戻っていた。恭介の顔にはっきりと焦点を結ぶ。

——よかった。正気だ……。

恭介は深く安堵《あんど》し、背中をぎゅっと抱き締めた。朔夜がうっ……と呻いて、また恭介の肩にしがみつく。

「……ぬ……」

肩に顔を埋め、乱れた息を押し殺すように呻く。

「抜いて……」

「あ……うん」

「……っ」

そっと体を離していくと、朔夜が顔を歪めた。どろりと生温かな液体が溢れてくる。恭介が放った精液だ。

「ごめん、なんか拭《ふ》く物……朔夜さん?」

突然、朔夜の体が、糸が切れたようにくずおれた。

「朔夜さんっ?　おいっ……」

声をかけ、揺さぶっても反応がない。

彼は気を失っていた。

ソファに運び、絞った熱いタオルで全身を清める間も、朔夜は目を覚まさなかった。頬は青ざめ、冷えきっている。艶《つや》のない唇。まるで死に顔のようで、不安を掻き立てる。鼻の前に手をかざして、ちゃんと呼吸していることを何度も確かめたほどだった。

一息つくと、急に右腕の痛みがぶり返してきた。二階まで抱いて運ぶのは無理そうだ。客室から取ってきた毛布をかけてやり、自分もソファの足もとに蹲《うずくま》る。

朔夜はぴくりとも動かない。

(どうしちゃったんだよ、いったい……)

青ざめた瞼にかかる漆黒の髪を、そっと払ってやる。

繊細な造りの美貌《びぼう》。あどけない、子供のような寝顔だ。

……さっきとは別人みたいだ。

石井が云っていたことを思い出していた。朔夜は、男とのセックスなしではいられない、精神的な病だと。

でも、あれは、そういうものとは違う気がする。まるで、突然中身が別の人間に入れ替わってしまったような――

（二重人格？……まさか）

でも——あの言葉。

（やりたかったんだろうが、朔夜と？）

（おれのことは朔夜に訊けよ）

あれは、〝おれ〟と〝朔夜〟が別の人間のような云い方じゃなかったか？　それに、口調や声のトーンまでいつもとは違っていた。

荒唐《こうとう》無稽《むけい》な想像だろうか。だが途中で、我に返ったかのように「嫌だ！」と叫んだのは、恭介のよく知っている朔夜だ。明らかに顔つきが違っていた。目の色も、赤からいつもの紫がかった黒に戻っていて……そうだ。あの柘榴のような赤い目！

朔夜の瞳の色が変わったのは二度めだ。

一度めは、彼の部屋で無理やり押し倒したときだった。どうしてあんな色になるんだろう。病気となにか関係があるんだろうか。わからないことばっかりだ。

（せっかくの初めての夜だったのにな……）

朔夜とは、ちゃんと愛しあって、求めあってのセックスがしたかった。大事にして、優しくして……って、ガラにもなく夢見てたのに。

恭介はそっと手を伸ばし、正体なく眠り続ける朔夜の髪を撫でた。

美しい顔をクッションに埋め、朔夜は深く眠っている。

「先輩なら、朝、正門で会ったわよ。変わったところ？　べつに、いつも通りだったと思うけど……喧嘩でもしたの？」

自販機に小銭を投入しながら、まり子が怪訝《けげん》そうな流し目をよこす。

北校舎三階、ジュースの自販機やベンチが設置された、ちょっとした休憩スペース。五時間めの休み時間で、利用者は二人の他にない。

「口のとこ、切れてる。先輩にセクハラして殴られたの？」

「……されたのはおれのほう」

「え？　なに？」

「おれもホット。ミルク抜きのたっぷり砂糖抜き」

「要するにブラックでしょ」

恭介はベンチにどっかり腰を下ろした。

……眠い。

床で寝たせいか、全身、筋肉痛と倦怠《けんたい》の塊みたいだ。昨日の打撲は激しく痛むし、腰は怠《だる》いし。本当は授業なんかサボってしまいたかったが、朔夜が無事に登校したかどうか心配で、へろへろの足腰に鞭打《むちう》って登校した。

今朝、恭介が目を覚ますと、朔夜はすでに登校したあとだった。

何事もなかったかのようだった。ソファに毛布がきちんと畳んであり、明るい陽差しが溢れるリビングの空気も、昨日のことが一夜の夢だったかのように静謐《せいひつ》で——

「……なあ、まり子。二重人格って知ってるか？」

「二重人格？」

まり子はコーヒーを飲みながら、ちょっと首を傾《かし》げた。

「多重人格の犯罪者のドキュメンタリーなら読んだことあるけど。なに、突然」

「ちょっとな、どんなもんかと思って」

「私が読んだのは、アメリカ人の連続殺人犯の本。犯人は中年の女性なんだけど、彼女の中には二十代の大学生と、五十代のベテラン男性医師、小学生の人格が共存してて、なにかのきっかけで人格が入れ替わるの。たとえば、大学生の人格になると、習ったこともない外国語を話せたり、医師になると普通の主婦のはずなのに専門的な医療知識があったり。喋《しゃべ》り方や性格、歩き方まで本来の彼女とは別人になるんだって。その主婦は五人の少年を殺したんだけど、本人には殺人の記憶がまったくなかった」

「記憶がない？」

「それどころか、逮捕されてカウンセリングを受けるまで、自分が多重人格者だっていう自覚もなかったのよ。実際の犯行時には、二十代の大学生に人格が交代してて、彼女本人は被害者の顔も知らなかった。……って、そんな話」

「……」

恭介はゴクッとコーヒーを飲んだ。熱いはずなのに感じなかった。

「それ、治ったのか？」

「専門家のカウンセリングで少しは良くなったみたい」

「おまえ、そういうの信じるか？」

「どうかな。読み物としては面白かったけど、多重人格については専門家の間でも諸説あるみたいよ」

……だよな。

こんなこと考えるほうがどうかしてる。普通は本やドラマの中だけの出来事だろう。優等生の風紀委員長が二重人格——なんて、それこそつまらない小説みたいだ。

だけど、はっきりとこの目で見た。朔夜が、朔夜じゃないなにかに変化するのを。

そうだ、あれは朔夜じゃなかった。あれは——

「いっ……！」

「すっごい痣。先輩に殴られたの？」

まり子がこめかみの青痣をつついた。

「いって、触んなって！　ホームから落ちたんだよっ」

「ホームって……駅の？」

まり子は大きな目をさらに大きく見開いた。

「どういうこと？」

「昨日、スーパーで買い物した後、ホームで電車待ってたら、いきなり後ろから突き飛ばされたんだ。ちょうど電車がホームに入ってくるとこで、スピード落としてたからギリギリ間一髪で助かったけど、マジ、死ぬかと思ったぜ。我ながら生きてんのが不思議だよ」

「そういえば、うちの生徒が駅で騒ぎを起こしたって噂になってたけど、あれ恭介だったの？犯人は？　捕まった？」

「いや。いま警察で目撃者捜してる」

熱いだけが取り柄のコーヒーで舌を焼き、恭介は顔を顰める。

「通り魔かもしれねえけど……放火された翌日だろ。だから、もしかすると……」

「同じ犯人……？」

「かもしれない」

「心当たりは？」

「あるような、ないような……」

石井はかなり怪しいが、だからといって犯人だという決め手もない。

「でも……なんだかやってることがバラバラね。放火は大事にならない程度にしたのに、次の日はホームから突き落とすって。恭介くらいの悪運じゃなかったら死んでるわよ」

「放火で目的が遂げられなかったから、エスカレートしたんじゃねーの。よっぽどおれが目障りなんだろ」

「……だったら、先輩にも気をつけてもらったほうがいいんじゃない？」

まり子が珍しく少し不安そうな目で云った。

「二回も失敗してるんでしょ。わたしが犯人なら、次は相手の家族や恋人を狙うな。そもそも、殺したいほど嫌いな相手を一息になんか殺したりしない。相手が大切にしているものからじわじわ責めて、真綿で首を絞めるようにじっくり苦しめて……息の根を止めるのはそれからよ」

「……」

血の気が引くのを感じた。背中に冷たい汗がじわりと噴き出す。

「なにマジな顔してるのよ。冗談に決まってるでしょ」

まり子が飲み干した紙コップをゴミ箱に投げ入れた。

予鈴が鳴った。

とても授業に出るような気分じゃなかった。

コーヒーを飲み終えた恭介は、ぶらぶらと昼寝場所の図書館に足を向けた。

さっきのまり子の台詞を、女ってのは怖い、と簡単に聞き流すことはできなかった。

朔夜に対する執拗《しつよう》なストーキングが、もし、恭介に恨みを持つ者の犯行だとしたら……。

嫌がらせが始まったのは三ヵ月前。ちょうど、恭介が朔夜に一目惚《ひとめぼ》れした時期と重なる。

つまり、恭介が周囲の女を整理しはじめた時期だ。

考えられないか？　そのうちの誰かが逆恨みして、恭介の最も大切な朔夜を苦しめ、いよいよ飽き足らず恭介を殺そうとしている、とは。

いや、なにも女とは限らない。恭介に女を寝取られた男だって大勢いる。そいつらの一人が犯人である可能性だって——

胸にどんよりと暗翳《あんえい》が広がっていく。

（いまさらだけど、ほんとロクなことしてこなかったもんなぁ、我ながら……）

……自己嫌悪……。

図書館は珍しく休館の札がかかっていた。司書は留守のようだ。

古めかしい木のドアは鍵が掛けられている。

が、そこは築百年。

「いよ、っと」

ドアを蝶《ちょう》つがいにぐっと寄せておいて、下から五十センチのところを強く蹴飛ばすと、恭介の上背《うわぜい》ほどもある木製のドアは、軋《きし》んだ音を立てて開いた。

どことなく黴《かび》臭い、ひんやりとした館内。靴音が高い天井に響いた。

階段を上ると、小難しい外国文学の全集が並ぶ書架の奥に、夏場よく昼寝に利用する小さな書庫がある。

なにげなくドアを開け、恭介は驚きに固まった。

無人だと思い込んでいた小部屋に、人がいたのだ。

開け放った出窓に腰かけていた彼も、恭介の不意の出現に驚き、広げていた本を取り落とした。分厚い洋書がドサリと床に落ち、埃が舞った。

「………」

朔夜が気まずそうに恭介から視線を外し、立ち上がって本を拾った。

恭介はびっくりして声もない。昼間ここで人に出くわしたのは初めてだったし、ましてそれがよりによって朔夜とくれば。

「ど……どうしたんですか。授業もう始まってますよ」

「……自主休講」

図書館の主《ぬし》と呼ばれる彼が扉の開け方を知っているのは当然とはいえ……いいのか？　風

紀委員長が。

朔夜は本の埃を払い、書架に戻すと、恭介の脇をスッとすり抜けた。慌ててあとを追う。

「あの、朔夜さん、ちょっと話があるんだ」

朔夜は迷路のような書架の間を足早に抜けていく。振り向きもせず云った。

「昨日のことなら、冗談だから」

「え？」

「ちょっとからかっただけだよ。男同士のセックスに興味があるみたいだったから。面白いもんじゃなかっただろ。胸は真っ平らだし、あちこち筋ばってて硬いだけで」

階段を下りる足を止めず、朔夜は早口にまくし立てる。

「ちょっと待てよ」

「だからなかったことにしてくれ」

「ちょっと待ってって！　おいっ、朔夜さん！」

細い肩を捕まえる。

「冗談だって？　あれが？」

「そうだ。だから忘れてくれ。なにも深い意味はないから」

「忘れてもなにも、あんたなにがあったか覚えてんのか？　だいたい、昨夜のあいつは、ほんとにあんただったわけ？」

朔夜の体が強張る。

「……なに云ってるんだ」

「あれは——うまく云えないけど、本当の朔夜さんじゃなかった。全然違う人間だった。そうだろ？」

「ばかばかしい。からかっただけだって云ってるだろ」

「おれを騙せると思うなよ！」

両手をバンと壁にぶつける。壁と恭介の胸板の間に挟まれ、朔夜は逃げ場を失う。

「他のやつのことだったら騙されたかもしれない。でもあんたのことだけは別だ——それに」

恭介は大きく息を吐いて、云った。

「あんたが云ったんだぜ。〝おれのことは朔夜に訊け〟——って」

「…………」

朔夜は観念したかのように深く瞼を閉じた。俯いた白い頬がいっそう、紙のように白く、唇まで血の気を失っていた。

「……あいつは」

やがて喘ぐような呼吸とともに、細い声がその唇から押し出された。

「あいつは……ケダモノなんだ」

「十四のときだった。……あいつの存在に初めて気づいたのは」

疲れ切ったように壁にもたれると、朔夜は、抑揚のない声で語りはじめた。

少し離れて書架にもたれ、恭介は両腕を組んで、彼の横顔を見つめる。

長いまつ毛。触れたら溶けて消えてしまうひとひらの雪のように、その姿は、いつにも増して儚く見えた。

「朝、目が覚めると、服を着てベッドに寝ていたことがあったんだ。ちゃんとパジャマに着替えたはずなのに変だな、と思ったけど、寝ぼけたんだろうって、たいして気に留めなかった。そういうことが、何度か続いた。……決まって、父のいない、家に一人きりでいる晩だった。なんだか怖くなって父に相談した。夢遊病じゃないかと思ったんだ。父はぼくを専門医にみせた。すると、それっきり、ピタッと症状は治まった」

淡々と言葉を継ぐ朔夜の視線は、じっと宙に据えられている。記憶の糸をたぐるかのように。そこにないものを見つめているかのように。

「それからしばらくして、今度は、買った覚えのない服がクローゼットに入ってるのを見つけた。いつどこで買ったのか、どうしても思い出せないんだ。不思議でたまらなかった――けど、深く考えるのはよそうと思った。考えるのが怖かったんだ。また夢遊病が出たんじゃないかと思ったけど、医者に行くのが嫌だった。意識のない間に自分がなにをしてるのか、考えると不安で、少し怖かった。……なにをしていたかわかったのは、それから半年後のことだ」

細く、息を吐く。

「あの夜も、父は仕事で家を空けていた。ぼくはいつも通り、学校から帰って、一人で食事をはじめた……すると、目の前に一瞬、ふっと霞《かすみ》がかったような気がしたんだ。その次にハッと気がつくと、ホテルのベッドの上にいた。……知らない男と一緒に」

心臓が、ズキン、と刺されたように痛んだ。……くそっ。嫉妬なんかしてる場合じゃねえぞ。

「男は、ぼくのほうから声をかけてきたんだと云った。でもなにも覚えてなかったんだ。家で食事をしていたはずなのに、そこから四時間以上、記憶がすっぽり抜け落ちてた。わけがわからなくて、怖くて……逃げたよ。誘ったなんて冗談じゃない。きっとまた夢遊病が出て、ふらふら歩いているところを連れ込まれたに決まってる……そのときは、そう思った」

「………」

「ものすごい、ショックで……一晩中、震えが止まらなかった。……誰にも云えなくて……」

当時の記憶が、生々しく軀《からだ》に蘇《よみがえ》ってしまったのだろう。爪が食い込むほど強く手の平を握り締めている。

「翌日……見覚えのない携帯電話を、机の抽斗《ひきだし》から見つけた。メモリーに何十っていうナンバーが登録されてた。たぶん、意識を失っているときの行動に関係しているんだろうと思って、捨ててしまおうとしたけど……ひょっとしたら、どこかで拾ったものかもしれないと思った。それで、そのうちの一つに電話してみたんだ」

朔夜は大きく息をつき、力のない、熱に浮かされたような口調で続けた。

「年配の男性が電話に出て……こっちが名乗る前に、『また誘ってくれて嬉しいよ』……そう云った。どのナンバーも男の電話だった。——もう、認めるしかなかった。意識を失《な》くしている間、ぼくは男とセックスしてたんだ。それも、自分から誘って、愉しんで、何人もと、何十人もと」

「じゃあ、セフレってのは、そいつらのこと……?」

朔夜は弱々しく目を伏せた。

「石井さんと知り合ったのも、あいつのほうが先だった。そのあと偶然、バイト先で再会したんだ」

「それじゃ、やっぱあいつとも……?」

朔夜はかぶりを振った。

「なにもないって云っただろ。石井さんは、男には興味がないんだよ。あいつも、声はかけたものの、振られたらしい。だから石井さんとは安心してつき合えてた。石井さんは、あいつのことには気づいてない。ぼくを重度の性的ノイローゼだと思い込んでる。……それも間違いじゃないかもしれないけど」

（……やっぱあいつ、インポだな）

たとえ男に興味なかろうが、朔夜だけは特別だ。恭介だって、朔夜以外のどんな美形だって勃たない自信がある。あの石井が朔夜に特別な気持ちを抱《いだ》いていないはずがない。同じ穴のムジナだ、目を見りゃわかる。

「医者は？　専門家はなんて？　治るんですよね？」

「……医者には行ってない」

朔夜は目を開けてぼんやりと恭介を見た。

「このことを打ち明けたのは、君が初めてだ。父も知らない。あいつが出てくるのは、決まって父が不在の晩なんだ。見つかるのを恐れてるみたいに。……いや――きっとぼく自身が恐れてるんだろうな」

うっすらと、歪んだ自嘲《じちょう》を唇に浮かべ、朔夜は、呼吸が苦しくなったかのように片手で喉をつかんだ。

「死のうと思った。何度も。でも死ねないんだ。死のうとすると、あいつが邪魔をする。自分の体なのに、自分じゃどうにもできないんだ」

「そんなこと云うな！」

恭介は朔夜の二の腕を摑んで揺さぶった。

「治る。ちゃんと治るよ。医者に行こう、朔夜さん。ちゃんと治してもらおう。な？」

「それくらいなら死んだほうがマシだ」

「なに云ってんだよ。一生そのままでいるつもりか⁉」

「君にはわからない」

朔夜は青ざめた顔で恭介を見上げた。

「精神科の治療なんか……あんなの、治療なんかじゃない。棒で傷口をぐちゃぐちゃにかき回して、思い出したくないことばっかりひっぱり出そうとする——あんな思い、もうたくさんだ。医者なんて二度と行かない」

「だめだ。引きずってだって連れてくからな」

「どうせ治らない。またあいつが邪魔するに決まってる」

「だめだ！　おれは嫌なんだよ。もう指一本、あんたを他のやつに触らせたくねえんだよ！」

絞るように吐き出した言葉に、朔夜が大きく目を見開く。

「……ごめん。朔夜さんがそんなに苦しんでるってのに……、身勝手だよな」

「……」

「でも、ヤなんだよ。どうしても嫌なんだよ……っ!」

「……どうして……」

ぽつりと、朔夜が尋ねた。

「気味悪く……ないのか……?」

「なんで?」

「なんで、って……」

「そりゃ確かに驚いたけど、誰にでも欠点の一つや二つはあるだろ。あの朔夜さんも朔夜さんの一部だと思えば仲良くなれるかもしれねーし……。あ、とりあえず話し合って、おれ以外のやつとエッチはしない約束をしてもらうってどう? やりたくてたまんなくなったら、いくらでもおれが相手するから」

「……君は……」

恭介の真っ直ぐな視線から逃げるように、朔夜は俯いた。

「……本当に、君らしいな……。……そんな考え方、したこともなかった」

「ごめん。脳天気すぎですよね。おまけに自分のことしか考えてねーし。……けど、朔夜さん。おれはそれくらいじゃ諦めないから。どんなに迷惑だって云われようが、あんたを好きなことだけは、絶対に諦めない」

俯いたままの朔夜の肩が、いつにも増して細く見える。

……ずっと、一人で耐えてきたのか。

なにもかも一人で抱え込んで、何年もたった一人で苦しんで。

医者に引きずっていくことなんかできはしないだろう。

どんな治療をするのか、恭介には想像もつかない。だがそれは、朔夜にとってよほどの苦痛なのだ。死と引き換えにしてもいいほどのことなのだ。

それほどまでに触れられたくない過去があるのだろうか……この人には。なにがこの人を、そんなに怯えさせるのか。

おれにはなにもできないのか？　朔夜の苦しみが少しでも取り除けるなら、どんなことでもしてみせるのに……ただ見ているしかないのか？

胸が苦しかった。自分の不甲斐なさと、悔しさと、憐憫《れんびん》と、不安と嫉妬と、なにもかもでぐちゃぐちゃだった。

「……知ってる？」

朔夜は、紫色がかった美しい瞳を、すうっと窓の外へ向けた。

雑木林を風がざーっと渡っていく。

「入学式の受付は、毎年、風紀委員の担当なんだ」

「……は？」

唐突すぎる話題転換に頭がついていかない。

きょとんとする恭介をよそに、朔夜は窓の外を見つめたまま言葉を継いだ。

「今年は欠席者もなく恙無《つつがな》く終了したけど、去年は〝銀座のホステスとサイパン旅行のため〟で欠席した、ふざけた生徒が一人いて」

恭介のことだ。

「とんでもないやつが入ってきたと思ったら、案の定、サボリと遅刻の常習犯で。呼び出しには応じないし、先生方に注意して下さいってお願いしても、あいつじゃしょうがないって笑い飛ばすし。なんてやつだろうって思ったよ」

横顔に懐しそうな笑みが浮かぶ。

「去年の、ちょうどこんな季節だったな……。その問題児が毎日図書館でサボって昼寝してるって噂が立った。鍵もかかってるし、まさかと思ったけど、念のために見廻りに来てみたら、でっかいのが書庫に大の字になって熟睡してた。あんまり気持ちよさそうで、起こすに忍びないくらいで」

覚えてない。そんなことあったのか?

「けっきょく、起こせなかった。次の日もやっぱり起こせなくて……何日、そんなことが続いたかな。あるとき突然、起き上がってぼくを手招きするんだ。なにかと思ったら」

……なにしたんだ、おれ?

「寝ぼけて、一緒に寝よ、って手をひっぱられた」

朔夜はくすっと口もとをほころばせた。

「しょうがないから添い寝したよ。埃だらけになって、まいった」

「マジかよ……」

まだ朔夜を知らなかった頃だ。寝ぼけてたとはいえ、そんなオイシイ思いをしてたとは。

羨ましいぞ去年のおれ！

「なんで起こしてくれなかったんですか。そしたら、もっと早く知り合えてたのに」

「寝顔を見てるのが楽しかったから」

「おれって寝顔もかっこいいからな。惚れちゃった？」

「うん」

「……え？」

「一目惚れなんて、この世にあるとは思ってなかったな」

ざわざわと梢が鳴いた。

ゆっくりと、朔夜がこちらに顔を向ける。

「……好きだよ」

「――」

「ずっと憧れてた。物怖《ものお》じしなくて、明るくて、いつも人の中心にいて」

「……うそ……」

呆然《ぼうぜん》と朔夜を見つめた。

「嘘……だろ。だって、だったらなんで今まで……」

「遠くから見てるだけでよかったんだ」

二つの瞳に恭介が映っていた。

「ただ見てるだけで幸せだった。近づきすぎたら、きっといつかバレてしまうに決まってる。隠し通せる自信がなかった。……諦めるのなんか簡単だと思ってた。高望みなんてしてなかった……ただの先輩と後輩でよかったんだ」

「………」

「……なのに……ダメだと思えば思うほど好きになってく。君には麻生さんみたいな綺麗な女性がふさわしいのに、一日一日が夢みたいに楽しくて……一緒にいるとどんどん欲深くなっていった。中途半端な態度が、樋口を傷つけてるのもわかってた。ちゃんと断らなきゃいけないと思う一方で、もう少しだけ、もう少しだけって、ずるずる、いつまでも踏ん切りがつかなくて……諦められなくて」

朔夜は喘ぐように深く息を継いだ。

「……セックスフレンドのこと、聞かれたとき、いっそ、君にだけはなにもかも打ち明けてしまおうかと思った。いつばれるか冷や冷やしながら毎日過ごすより、嫌われてもいいから

話してしまったほうが楽になれるかもしれないって。……でも…云えなかった。どうしても……どうしても」

引き攣るように声が掠《かす》れる。朔夜は両手で顔を覆った。

「どうしても云えなかったっ……」

「朔夜さん――」

思わず強く抱きしめていた。朔夜の浅い呼吸がワイシャツに吸い込まれる。

「ごめん――なにも知らなくて、おれ……」

「……気味が、悪いって……ぜったい、嫌われる、って……思っ……」

「好きだ。好きだよ」

恭介は甘い匂いの黒髪を掻き抱いた。

「どうやったら嫌いになれるのか、教えてほしいくらいだよっ……」

涙をいっぱいに溜めた瞳が、うっすらと赤みを帯びていた。

嗚咽《おえつ》をこらえようときつく食い縛った唇にくちづける。何度も、何度も。するとやがて強張りが少しずつほどけた。朔夜の唇から甘い吐息が漏れ、おずおずと恭介の唇を吸い返してくれた。

狂おしいほどの愛《いと》しさが胸を突き上げた。

彼の苦しみもなにもかも、抱き止めてやれる胸が欲しいと思った。心から安らげる逞しい腕が欲しいと思った。

（愛してる）

想いの丈を込めた、深いキス。――それを見つめる目があったことに、二人が気づくはずもなかった。

終鈴の鐘の音が響いていた。

13

「……戻ろうか」

ウエストミンスター風の鐘の音が余韻を残して消えると、二人は名残惜しく唇を離した。

「眼の色、戻ったね」

「え？」

「さっき、真っ赤だった。時々赤くなるだろ？　眼の病気？」

「ああ、これは……」

朔夜はそっと片目をこすった。

「子供の頃、薬害で味覚障害になったって話しただろ。これも後遺症のひとつ。興奮すると赤くなっちゃうんだよ。ごめん、気持ち悪いだろ」

「なんで？　綺麗《きれい》だよ、朔夜さんは」

ちゅっ、と唇にキスを落とす。朔夜は珍しく照れたようにうっすらと頬を染めた。

「あ……二階の窓、閉めたかな。見てくるよ」

「じゃあおれ、鞄取ってくるよ。教室だよね？」

「うん。あ、ぼくの席は」

「窓際の前から三番めだろ。任せて、なんたって草薙朔夜マニアですから〜」

「なんだか変質者っぽいなぁ」

朔夜が呆れ顔で云う。よかった。いつものアルカイックスマイルが戻ってる。

恭介は渡り廊下に出た。下校の生徒たちが、賑やかにさざめきながら通り過ぎていく。

いつもの光景が、夏の雨上がりみたいにキラキラして見える。まだ軽い興奮状態みたいで、心臓の鼓動がいつもより速い気がした。足もともなんだかふわふわと雲を踏んでいるみたいだ。たぶん顔もニヤけてる。いまなら逆立ちで校庭百周できそうだ。

好きって、そのたった一言が、こんなに幸せなものだなんて思わなかった。めちゃくちゃ最高の気分だ。

振り返って図書館を見上げた。

二階の窓辺に、朔夜が背中を向けて立っている。

たった一時間前まで手が届かないと思っていた背中。見つめているといつも切なかった。でも今は、気持ちが温かくなる。ドキドキして胸がギュッとなるのは変わらないけど、辛い痛みじゃない。ギュッよりキュンって感じ。

（おれって乙女キャラだったんだなー……あれ？）

と、恭介はふと目を凝らした。

（なんだ……？）

二階の窓に、もう一つ人影がある。なにか話をしているようだ。

すると、朔夜が後ずさるように窓に背中をつけた。なにが起きたのかはっきり見えたわけではなかった。だがビンビンと響くような動物的な勘が、恭介に元来た道を猛ダッシュさせた。

「朔夜さん！」

叫びながら、図書館の二階に駆け込む。

「樋口……」

朔夜が青ざめた顔で振り返った。その足もとに、女子生徒が、背を丸めてくずおれていた。

「なにが……」

踏み出した靴先に、カツンとなにかが当たった。大型のカッターナイフ。

「な……！」

「大丈夫、怪我はしてない」

朔夜は分厚い本を手にしていた。それでカッターを叩き落としたのだろう。

床にぺったりと座り込んでいた女が、ゆっくりと顔を上げ、乱れ髪の間から恭介を見た。うつろな目に光が戻り、みるみる涙が盛り上がる。

両手で顔を覆ってわあっと泣き伏した女——それは、牧野涼香だった。

涼香は泣きじゃくるばかりだった。自分のハンカチをグショグショにしても足りず、朔夜が差し出したポケットティッシュを使いきってもまだ泣きやまない。

両腕を組んで、恭介はうんざりとそれを眺めていた。朔夜も疲れた顔で、日の暮れかけた出窓に浅く腰かけている。

「……おい。いいかげんにしろよ。泣いてばっかじゃわかんねーだろ」

さすがに苛立《いらだ》って、恭介はガシガシと頭を掻いた。

「なんだったら警察呼んだっていいんだぜ。立派な傷害未遂なんだからな」

恭介がきつく云うと、涼香の泣き声がいっそう大きくなる。思わず両耳に指を突っ込んだ。

「るっせーな、ったく」

「樋口……そんな云い方するなよ」

困り顔で朔夜が窘《たしな》める。

「なに落ち着いてんですか。なにされたかわかってんですか⁉」

「けどそんな云い方したら、いつまでたっても泣きやまないだろ」

「んなこと云ったって……！」

樋口、と再度窘められて、仕方なく口を噤む。朔夜は牧野涼香に体を向けた。

「ひとつ訊いていいかな。もしかして、うちに何度も無言電話をかけてきたのは、牧野さんじゃないのか？」

華奢《きゃしゃ》な肩が強張った。恭介は驚きに目を瞠《みは》り、涼香と朔夜を交互に見比べた。

「藁《わら》人形も。写真も。……猫も？」

涼香は唇を震わせ、吐き捨てた。

「写真なんか知らない」

とっさに言葉が出なかった。全身の血が凍るような感じがした。

「嘘だろ。あんたが朔夜さんのストーカー……？」

「……………」

「なんでそんなこと……！　おい、なんとか云えよ！　黙ってたらわかんねえだろ！」

「だって！」

激しく肩を揺さぶられた涼香は、破裂したように叫んだ。

「だって……だって……だって……」

「だってじゃねえだろ！」

バン！　と拳《こぶし》で棚をぶっ叩く。涼香はびくっと身を縮めた。また涙がボロボロと頬に零《こぼ》れる。

「泣いてすむと思ってんのか。ほんとに警察呼ぶぞ！」

「よせ、樋口。もういい」

朔夜がぐっと右肘を摑む。

「よくねえよっ」

「いいから！」

思わぬきつい口調。恭介はぐっと言葉を飲み下した。

「犯人がわかったんだから、もういい。ただしもう二度としないって約束してほしい。牧野さん、約束してくれるね」

俯いたまま、涼香は答えない。頑なに朔夜を見ようともしない。

朔夜はしばらく黙って彼女を見つめていたが、静かに立ち上がった。

「先に帰るよ。悪いけど、樋口、後のこと頼んでいいかな」

「でも一人じゃ……」

「平気だよ。もう犯人はわかったんだし」

恭介にそっと顔を寄せ、涼香を視線で指す。

「それに興奮してるから、落ち着くまで一人にしないほうがいい」

「……わかったよ。このこと、学校に？」

「必要ないよ。大事にしたくない」

「朔夜さん」

朔夜の手をぎゅっと握った。黒瞳の中で不安そうな恭介の顔が揺れていた。

「ごめん。おれのせいで――」

朔夜は微笑むと、恭介の手をぎゅっと握り返した。

「樋口のせいじゃない。……彼女をあんまり責めるなよ」

涼香は窓際の椅子で、じっと俯いていた。濡れそぼったハンカチを両手で絞るように握りしめている。啜り上げる鼻の頭と目が真っ赤だ。

恭介は床に落ちていたカッターを手に取った。

「これでどうするつもりだったんだよ」

「……わかんない。……窓から、キスしてるとこ見えて、カーッとなって……」

「………」

大型カッターは裏側に「図書館カウンター」とマジックで書いてあった。これだって立派な刃物だ。もし朔夜が怪我をしていたらと思うと、どうしても腹立ちが治まらない。

「なんでストーカーなんかしたんだ」

「……」

「おれに振られたからって、逆恨みもいいとこだろ。嫌がらせならおれにすればいいだろうが。朔夜さんにはなんの罪もないだろ。――猫を殺したのもあんたかよ」

「……そうよ。あいつと同じバイト先に友達がいるの。その子から、あいつが野良猫をかわいがってるって聞いたのよ」

涼香は無表情に云った。

「あいつは恭介を奪《と》った。だからお返しをしてやったのよ。なにが悪いの」

「悪いに決まってんだろッ。なんでそんな……そんなことして、おれがあんたとよりを戻すとでも思ったのか？」

「バカにしないで。あんたなんかとよりを戻すと思ってんの⁉」

涼香は恭介の顔にハンカチを投げつけた。激昂《げっこう》のあまり青ざめ、目が吊り上がっていた。

「許せない……このあたしを振るなんて……！　あんたなんか大ッ嫌い。死んじゃえばいいのよッ」

「それで殺そうとしたのかよ。ホームから突き落としたり、うちに放火したり」

「なに云ってんの、そんなの知らない」

「もういいから本当のこと云えよ」

「知らないったら！　なんであたしのせいばっかりにすんのよ！　なによっ……二人ともあ

いつに殺されちゃえばいいのよ！」

「あいつ……？」

涼香は、またプイと顔を横に背けた。

「誰のことだ、あいつって。なんか知ってるのか？」

「知ーらない。知ってたって恭介には教えない」

唇に薄笑いが浮かぶ。

恭介は涼香の顎をぐっと摑んだ。

「なによっ……」

涙の跡が残る白い頰に、カッターの刃を突きつける。涼香が息を飲み、大きく目を見開いた。

キチ、とカッターの刃を伸ばす。

「自慢のツラ傷物にされたくなきゃ答えろ。誰のことだ、云えッ！」

「あの日……夜の十一時過ぎに、もう一回恭介の家に行ったの」

あの日とは、夕飯を作りに訪ねてきて、恭介に追い返された晩のことだ。

朔夜への嫌がらせのプレゼントをマンションの郵便受けに入れようとした涼香は、そこで初めて、朔夜が火事に遭い、数日自宅に帰っていないことを知った。

朔夜は恭介の家に身を寄せているのだ。自分はこんなに傷付き、辛い思いをしているのに。絶対に許せない。涼香は恭介の家に引き返し、プレゼントをこっそり置いてくることにした。逃げてもどこまででも追ってくる……そんな恐怖を朔夜に味わわせてやるために。

「いつもセキュリティを切ってあるのは知ってたから、そーっと門から入って、玄関の前まで行った。そしたらガレージで物音がして……」

恭介かと思い、びっくりして植え込みに隠れた。すると、一人の男がガレージから大きなオイル缶を手に出てきた。男はその缶を裏手の植え込みに隠すと、急ぎ足で門から出て行ったという。

「恭介じゃないのはすぐわかったし、泥棒にしては変だな、と思って見てたら……」

ガレージの壁にオレンジ色の火影《ほかげ》が映った。新聞紙の束が燃えていた。

「びっくりして、怖くなっちゃって……すぐ逃げたわ」

「どんな男だった。顔見たか」

涼香はコクンと頷いた。

「ちょっとインテリっぽい感じの三十過ぎくらいの男。背はすらっとしてて、シルバーの眼鏡をかけてた」

あいつだ。石井信一《しんいち》。

やっぱりあれは、朔夜を連れ帰るための放火だったのだ。

ガレージに火をつけ、どこかに身を潜め、騒ぎが収まったのを見計らって、なに食わぬ顔で現われる。

わざわざ可燃物を運び出したのは、母屋に火が移らないようにだ。石井の目的は、朔夜を恭介のところから連れ出すことだった。だから、朔夜に危害が及ばぬよう、火災を最小限にする必要があったのだ。いざというときには、第一発見者として消防署に通報するつもりだったに違いない。

しかし、石井の思惑は外れ、火をつけたことが逆に、朔夜を恭介の家に留《とど》まらせる結果になってしまった。

下校の生徒の波を掻き分けて、恭介は息を切らして駅に走った。途中、何度も朔夜の携帯電話にかけてみたが、留守電に切り替わってしまう。まだ地下鉄の中にいるのだろうか。

駅のロータリーに差しかかったとき、顔なじみの一年女子の三人組が、恭介に向かって手を振っていた。

「せんぱーい、どーしたのォ！」

「先輩もアイス食べるー？」

「おまえら、朔夜さん見なかったか⁉」

慌てて足でブレーキをかける。三人は顔を合わせて頷いた。

「草薙先輩ならさっき見たよね」

「うん、でも車で帰っちゃったよ」

「車っ⁉　それ、白のベンツか」

「そうそう。ベンツ、白だった」

石井……！

体中の血液がサーッと冷たくなった。

「それ、いつだ」

「十分くらい前かなあ。どしたの、先輩？　顔が真っ青だよ」

恭介は携帯電話をポケットから引っ張り出した。一回半のコールで、月岡の秘書が電話に出た。

「月岡弁護士事務所でございます。……恭介くん？　久しぶりね。先生？　ええ、いらっしゃるけど来客中なの。もう一度かけ直してくれる？」

「急用なんだ。頼む。こないだのストーカーの件だって云ってもらえりゃわかるから！」

「……ちょっと待ってね」

オルゴール音に切り替わる。恭介はイライラして月岡を待った。

最後のツテは彼しかない。頼むぜ、ドラえもん！

「もしもし、恭介くんか？　どうした、ストーカーの件って？　なにか動きがあったの？」

「石井信一の住所わかりますか!?」

勢い込んで怒鳴る恭介に、月岡は面食らったように、

「あ、ああ……ちょっと待ってくれ。君、今年の年賀状のリスト出してくれないか。……どうしたっていうんだ、石井くんになにかあったのか？」

「あいつは放火犯なんです」

「ええ？」

「うちに放火したんだ。現場を見てたヤツがいる」

「放火？　石井くんがか？」

「それよか住所までですか!?」

「あ、ああ、いいかい？　渋谷区G町の……どうして石井が放火なんか。それは確かなのか？」

暗記は得意だ。住所くらいなら一度で覚える。

「おれと朔夜さんを引き離すためだ。うちが火事になれば朔夜さんはあいつしか頼るところがない。でもそれも失敗したから、おれを突き落として殺そうとした」

「なんだって？」

月岡の声がにわかに緊迫した。

「どういうことだ、それじゃ、君を駅で突き飛ばしたのも石井だっていうのか？　もしもし？　ちゃんと説明してくれ。そのことは警察に通報したのか？　おい、恭……」

「ケーサツなんか待ってられっか！」

携帯を切り、恭介は地下鉄の階段を猛スピードで駆け下りた。

14

石井信一の自宅は、古い住宅地の一角にあった。群青色の瓦屋根の一軒家で、ガレージに車が入っている。パールホワイトのメルセデスベンツ。石井の車だ。

門の前に立った恭介は、もう一度朔夜の携帯に電話をかけた。やはり繋がらず、留守電のアナウンスが流れる。時刻は六時ジャスト。

朔夜が石井の車に乗ったのは約三十分前だ。駅から恭介の家まで送ったとしたら、三十分で自宅に戻れるはずがない。この時間は通勤ラッシュ、車だと一時間近くかかる。

間違いない。朔夜はここにいる。

鉄の門扉は鍵が掛かっていた。防犯カメラはない。恭介は辺りを見回し、塀に手をかけて一気に乗り越えた。

ひとつだけ、明かりのついた窓があった。

静かに近付き、覗き込む。

書斎のようだった。壁一面に書棚が作りつけられ、古そうな革の背表紙が整然と並ぶ。重そうな飴色の机が中央にあり、その横にソファが窓に背を向けるようにして置かれていた。

窓は鍵が掛かっていた。中に入れそうな別の窓を探そうと、その場を離れようとしたその時、ソファの肘かけの上に、白いものがピクリと動いた。思わず窓に飛びついた。

人の手。

「…………！」

ドン！　と窓を叩いた。が、手の主は反応しない。

心臓が早鐘を打つ。恭介は辺りを見回した。手頃な得物《えもの》はなかった。ブレザーの裾を拳に巻きつけ、窓ガラスに叩きつける。割れたガラスに手を突っ込んで鍵をこじ開け、書斎に飛び込んだ。

朔夜が、ソファにぐったりと仰向けになっていた。

「朔夜さん！」

抱き起こすと、白い瞼がぴくりと震え、苦しげな呻きとともに目を開いた。心底、ホッとして、細い体をぎゅっと抱きしめた。

紫がかった美しい瞳が、やがて焦点を取り戻す。

「……樋……口……？」

「よかった。立てますか」

朔夜はぼうっとした顔で瞬《まばた》きしている。腋《わき》に手を入れて体を起こした。ぐったりして、動きが鈍い。なにか薬を使われたのかもしれない。

「つかまって。あいつは？」

「わからない……」

「とにかく出よう。こっちに……」

「………ッ！」

朔夜に肩を貸し、ドアを開ける。顔を上げた朔夜の目が、大きく見開かれ、驚愕《きょうがく》に凍りついた。

同時に恭介も悲鳴を飲み込んだ。

瓶《びん》詰めの眼球が、二人を見つめていた。

天井まである棚一面に、びっしりと、ホルマリン漬けの眼球！

「なっ……なんだこれっ……!?」

「……目玉……？」

「なんでこんなモン……ぐあッ!?」

突然、首の後ろで、バチッと火花の散る音がして、全身を千の針で突き通されたようなショックが走った。

宙に跳ね、どっと前につんのめった。

「樋口ッ！」

「……無事でよかった。なにもされなかったかい？」

優しい声がした。

朔夜が、怯えた目を、ゆっくりとそちらに向ける。

石井がスタンガンを片手に、優しい微笑みを浮かべて立っていた。

(朔夜さん！　逃げろ！)

恭介は打ち上げられた魚みたいにぱくぱくと口を動かした。声も出ない。動けない。全身が痙攣《けいれん》する。

「そろそろ起こそうと思っていたんだ。ちょうどよかった。さ……こっちへおいで。食事の支度ができたよ」

「……」

伸べられた手から、朔夜はおぼつかぬ足取りでよろよろとあとずさった。すぐに壁に背中がつく。

「こっちへ来るんだ」

「いやです」

「朔夜くん」

「どうしてこんなことを……」

「なぜ云うことを聞けないんだ!?」

石井は突然激昂した。目が吊り上がり、異様な形相だった。

「あんなに——あんなに素直ないい子だったのに、どうして変わってしまったんだ！　こいつのせいだな？　こいつが君をダメにしたんだな？」

石井は憎々しげに、起き上がろうともがく恭介の脚を蹴る。恭介は苦痛に呻き、うずくまった。

はあっはあっと異様に荒い呼吸をついて、朔夜ににじり寄っていく。

「やっぱり君もそうなのか。君もダメなのか。他のやつに尻尾を振るのか。あんなにかわいがってあげたのに！」

「や……」

「だめだ。帰さないぞ。君はここにいるんだ。ぼくと一緒にずっとここにいるんだ！　ずっと、ずっと、ずううう————っと！」

「やめ……！」

朔夜の喉に、ひたり、と石井の手が巻きつく。

「ぼくがいい子にしてあげるからね。怖がらなくていいよ。君はぼくの云うことをきいていればいいんだ」

「う、ぐっ……」

朔夜が苦悶《くもん》に顔を歪め、石井の手を掻き毟《むし》る。

「かわいいよ……朔夜くん」

石井は、まるで痛みを感じないかのようだった。じわじわと両手に力を込めていく。朔夜のか細い喘ぎが途切れがちになる。

「く……そ……っ」

恭介は必死に手を伸ばした。手に触れた瓶を石井に投げつけた。

壁にガラスが割れ、破片とホルマリンが飛び散り、目玉が転がった。

「やめろッ！」

振り返った石井が悲鳴のような声を張り上げた。恭介は痺れる腕で棚の瓶をなぎ払った。ガラス瓶が次々と割れる。

「やめろ……やめろおおおッ！」

石井は狂ったように叫びながら、猛然と躍りかかってきた。

揉みあいながら棚に突っ込んだ。

石井の顎を殴った。だが腕も足も痺《しび》れ、力が入らない。石井が恭介に馬乗りになる。せつな、腹に、焼けつく痛みがめり込んだ。

「ううっ……!?」

……なんだ？　熱い。

腹を探り、えっ、と思った。ナイフの柄が腹に突き立っていた。

「樋口ッ！」

朔夜の絶叫。

「げふっ……」

腹を庇《かば》ってうつ伏せた背中を何度も蹴りつけられる。ナイフがさらに深くめり込んでいく。呼吸ができない。目の前が赤い。

「死ね！　死ね！　死ね！　おまえのせいだ！　おまえのせいだ！　おまえのッ！　おまえのおぉッ！」

「うッ、ぐッ、ううッ」

「おまえの……ぐあっ⁉」

バリッと火花が散った。海老のように跳ね上がった石井の体が、その場にどうっと倒れた。

「樋……口……っ」

朔夜が激しく咳《せ》き込みながら這いずってくる。手に、しっかりとスタンガンを握り締めていた。

「樋口……樋口ッ。目を開けろ！　樋口ッ！」

シャツを引きちぎって、傷口を止血しながら、朔夜が耳もとで怒鳴る。

不思議と、痛みはなかった。ただ傷口が熱く、体がどんどん怠《だる》くなっていく。目を開けることも億劫だ。

「樋口っ！」

ピシッと頬を打たれた。

「ってぇー……」

恭介はようよう、薄目を開けた。朔夜が大きく目を見開く。

涙を溜めた赤い瞳――ルビーみたいだ。

ばかだな、そんな顔して。なんてことねぇよ。ちょっと腹にナイフが刺さったくらい。

「樋口……樋口っ……」

「すげー美人……。ここ、天国……?」

やっとの思いで、にやっと口端を上げてみせた。

朔夜の目から涙が溢れた。血まみれなのも構わず恭介の手を握り締め、自分の頬に押し当てる。

「まだ行かせないよ……」

その台詞はベッドで聞きたい。軽口を叩く間もなく、恭介は吸い込まれるように意識を失った。遠くにパトカーのサイレンが聞こえていた。

15

石井信一は、傷害及び殺人未遂罪等で警察に現行犯逮捕された。

「朔夜くんには、繁華街で声をかけられて知り合いました。そのあとまた別のバーで再会して……確信しました。これは運命の出逢いだと」

石井は大学在学中の事故がもとで、性的不能になっていた。婚約者と別れたのも、そのことが原因だった。

「彼は、ぼくの他にもたくさんの男と遊んでいましたが、ぼくは特別に許してあげていました。彼は重度の性的ノイローゼでした。とても気の毒な子なんです」

AV写真を合成したのも、石井だった。書斎のパソコンから夥《おびただ》しい数のゲイポルノや、朔夜の隠し撮り写真が押収された。合成した写真のデータも見つかった。

「いつも彼が他の男とセックスしているところを想像していました。彼を満足させてあげられない自分を責めたこともあります」

「だけど、肉体的な関係なんかなくても、ぼくらは大変うまくいってました。彼はとても従順ないい子でした。彼の周りには体を求める大人ばかりだけど、ぼくだけは違うと、彼が……ええ、そうです。彼自身がそう云ってくれたんです。一緒にいてとても楽だって。だからぼくだけは他の誰とも違う、特別な存在なんです。ぼくにとっても、彼はこの世にたった一つの特別な存在です。だから、ぼくにできることは、精一杯してあげていました。彼を愛してた。なのに、彼は——急にぼくの云うことを聞かなくなってしまった。——あいつのせいです」

「樋口とかいう学生です。あいつがすべて悪いんです。あいつさえいなくなれば、朔夜くんはもとのいい子に戻るんです。——ええ。放火したのはぼくです。だってしょうがなかった。朔夜くんを取り返すためには」

「なのに……。こんなに愛してあげたのに……。生き物っていうのは、どれも一緒ですね。どんなにかわいがってやっても、他人に尻尾を振るんだ。世話してやったのはぼくなのに、平気でその恩を忘れてしまう。薄情な連中ですよ。……でもね、ビン詰めにしてあげれば、みんな、とってもいい子になるんです。従順で、かわいくて、ぼくの云うことだけをきちんと聞くようになってくれます。——ええ、もちろんそうです。朔夜くんもそうするつもりでした。そうすれば、ずっと一緒にいられますから。永遠にぼくだけを見つめていてくれますからね」

棚いっぱいのホルマリン漬けは、動物の眼球だった。

何十匹という数の猫や犬を飼っては、その目玉をコレクションしていたのだった。

現在、石井はペットを飼っていなかった。彼にとって朔夜が、最も美しいペットだったのかもしれない。

「彼を愛しています」

石井の身柄は警察病院に収容された。近く精神鑑定が行われる予定だ。

また、恭介を駅のホームから突き落とした犯人は、意外なところにいた。

「ごめんなさい！　ごめんなさい！　ぼく……先輩が樋口さんの家に一緒に住んでるって聞いて、すごく悔しくてっ……。先輩と駅で別れたあと、樋口さんが買い物袋持ってホームにいるの見て……二人が楽しそうにご飯食べてるところ想像したら、悔しくて……ちょっと驚かしてやろうと思っただけなんです。殺すなんてっ……」

犯人の名は、遠藤進《すすむ》。朔夜に憧れ、告白した一年生だった。

恭介は、被害届を出さない条件として、卒業まで朔夜と一緒に下校する権利を放棄する旨の念書を書かせた。

そして、樋口恭介は全治三週間の負傷。

東斗《とうと》大付属病院、外科病棟東南角部屋の個室において、退屈な入院生活を強いられることになった。

刃先が急所を逸《そ》れていて臓器が傷つかなかったこと、下手にナイフを抜かずに止血したことで出血が少なくすみ、傷の深さにしては比較的軽度ですんだのだった。

面会は三日めから許され、訪ねてきたまり子は、意外にも……涙ぐんだ。

「見なさいよ、このクマ。心労で早く老けたら恭介のせいだからね」

「老け顔は生まれつきだろ」

「くたばれッ」

平手打ち。見舞いのメロンを二つ奪って帰っていった。

そして、朔夜は……、

「普通、ああいうときはまず警察に通報するだろう、警察に！　どうして一人で無鉄砲に飛び込んできたりするんだ！」

学校帰り、毎日病室に顔を見せては、毎日怒っていた。

「んなこと云ったって……あんときは必死で、頭回んなかったんだもん」

ようやくベッドの上に起き上がれるようになった恭介は、枕もとでリンゴを剝《む》く朔夜の危なっかしい手つきに毎日ハラハラさせられている。

「信じられない。悪運が強いのも限界があるんだからなっ。だいたい腕の怪我だって、階段でコケたなんて大嘘ついてっ……」

「だから、あれはさあ、はっきりしたことわかんねーのによけいな心配かけちゃいけないと
……………ごめんなさい」

「謝るな」

「ごめん。許して先輩」

「謝るなってば」

苛立ち気味の声の語尾が、弱々しく口の中に吸い込まれる。

「……樋口に謝られたら……どんな顔したらいいんだよ……」

「なに云ってんの。おあいこでしょ。おれだって、涼香さんのことであんなとばっちり食わせたじゃんか」

不格好なうさぎリンゴをシャクッと頬ばり、

「それに……あんたのためなら、命なんか惜しくない」

キマったたな。と思ったとたん、バチーンッと平手打ちが飛んできた。

「てーっ!? なにすんですかあ！」

「冗談だってそんなこと云うな！」

ミルク色の頬を紅潮させ、激しく睨みつける目の縁に、涙が光っていた。

「二度と云ったら許さない」

「……ごめん」

こぼれ落ちそうな涙の雫《しずく》を舐め取ろうと、細い頤を指で支えたところに、

「検温でーすっ」

わざとのようなタイミングでドアが開いた。病室じゃ、おちおちキスもできない。

意外な人物も泣いた。

「先生は悲しい！　悲しいぞ樋口いぃぃぃぃっ」

トレードマークの黒ブチ眼鏡を悔し涙で曇らせるのは、心労でめっきり寂しくなったゴマ塩頭……鬼の教務主任、ミヤッチこと宮田《みやた》教諭である。

「今年度こそは欠席日数一桁《ひとけた》だと思っとったのに、くうぅっ……無念だ……！」

「おれだって悲しいっスよ、先生……。入院してから煙草も酒もマズイし、セックスは抜糸まで禁止だっつーし……泣きたい」

「バカモン！」

すぱーん！　とスリッパが恭介の頭に落下した。

「ところで、入院中、中間テストがあるの知っとったか」

「わーってますよ。退院したら追試でも補習でも受けますよ」

そーだ、朔夜さんに勉強見てもらおーっと。「朔夜先生ぇ、この数式どーしても解けないんですぅ」「もうちょっと頑張ってごらん。解けたら、ご褒美にいいことしてあげるから……ね？」……ぬわーんちって！

「なーにニヤニヤしとるんだ。そんなにテストが嬉しいか」

「いやあ、嬉しいっつーかなんつーか」

「そうかそうか。それじゃ特別に病室で受けられるように取り計らってやろう」

「げえっ⁉」

「幸い個室であることだし、全教科、おれがつきっきりで監視してやるからな。来週の月曜からだ。今回の化学は一夜漬けじゃあクリアできんぞ。首洗って待っとれよ」

「オニッ！」

そして、もう一人。

「もうっ！　もうっ！　もうっ！　どーしてあんたって子は心配ばっかりかけるのっ」

あだっぽい泣きボクロのショートヘアの美女が、鮮やかなカナリア色のスーツで飛び込んでくるなり、わーっとベッドに泣き伏した。

「あんたは顔と体だけが取り柄なのにッ。頭がパーなのに体傷モノにしてどーするの！」

「……里美さん。もちっと云い方ねーか？」

「心配したんだからっ。急いで出張切り上げて、あんたのせいで飛行機代《エア》いくらかかったと思ってんのよ！」

「どーもスミマセン……」

どーせ会社の経費だろ。……が、命が惜しいので、そこは口をつぐむ。

「あの……よろしければ使って下さい」

ちょうど花瓶の水を替えに行っていた朔夜が戻ってきて、ベッドに泣き伏した彼女にハンカチを差し出した。

「お邪魔のようだから外に出てるよ」

「いいって、気ィ遣う人じゃないんだから。紹介するよ。里美さん、この人が草薙朔夜さん。電話で話しただろ」

濡れてもいない目をハンカチで押さえて顔を上げた美女は、朔夜を一目見るなり、長いまつ毛をパチパチさせた。

「んっまあ……！」

あ。なーんか嫌な予感。

「なーんてきれいな子！」

「……やっぱし……」

恭介はげんなりと呻いた。

「あ……あの……？」

長い爪でミルク色の頬を撫で回され、朔夜が怯えてあとずさる。

「シャンプーはなに使ってるの？　トリートメントは？　お化粧水は？」

「いえ、なにも……」

「まあ、ダメよ。この時期の紫外線は特にお肌によくないの、シミができたらどうするの。一度うちのお店にいらっしゃいな。全身念入りにケアしてあげる」

「里美さん、朔夜さん怯えてるだろ。勘弁してよ」

「いいじゃない、恭ちゃんにこんな綺麗なお友達がいるなんて知らなかった。あ、お名刺どうぞ。都内でいくつかエステや美容院を経営してるの」

「ありがとうございます……樋口里美さん？」

「恭介の母です」

朔夜の目が真ん丸になった。

「…………お母さん⁉」

ぽかんとした口もとを慌てて閉じ、深々と頭を下げる。

「草薙朔夜です。このたびは、大変なご迷惑を……」

「まあぁ、あなたが朔夜くんなの。本当にとんだことだったわねえ。怪我はなかった？　そう、よかったわ、こんなきれいな顔に傷でもついたら国家的損失よ。いいのいいの、うちのバカ息子なんか。お腹の刺し傷の一個や二個、男の勲章よ。ほほほほほ！」

「……ごめん、こんな親で……」

啞然《あぜん》としている朔夜に、赤くなり、こそっと耳打ちする恭介。

朔夜はまだ目を丸くしたままだ。

「ほんとに実のお母さん？　どう見たって二十代じゃないか」

「化粧落としても顔変わらねーんだぜ。魔女だよ」

「あたしも、こんな落ち着いた息子が欲しかったわ」

魔女は長い爪で朔夜のほっそりとした顫を持ち上げ、しみじみと溜息をついた。

「うちのはダメよ。女のことばっかりいらない知恵がついちゃって、まだまだ乳臭いったら。この歳になって麻疹《はしか》になんかかかるし」

「だーっ。その話はするなっつっただろっ」

朔夜がきょとんと、赤くなった恭介を見る。

「麻疹……ですか？　この歳で？」

「そーなの。体中になにかできたって騒ぐからなにかと思ったら、この歳になって麻疹よ、麻疹。もー大笑い」

「予防接種させなかった親の怠慢だろ」

「産んでもらってその云いぐさ？　ちょっと見せてごらん、背中のブツブツきれいになった？」

「やめろっての！　スケベ！」

抗戦をものともせず、息子のパジャマをめくり上げた里美の携帯電話が、アラームを鳴らした。

「もう行かなきゃ。またすぐパリに戻らなきゃならないのよ」

「あいっかわらず忙しい人だな」

「そうよ。だからあんまり心配かけないでちょうだいね」

赤ちゃんにするように恭介の頬をぎゅっとこすって、朔夜に向けては、にっこり笑顔。

「いつでもお店にいらっしゃいね」

カーフのバッグを抱え直すと、グリーンノートをふり撒《ま》いて、カナリアの影は一陣の風のように病室を出ていった。

「きれいな方だね」

「うるせーだけだよ。派手だし魔女だし」

「学校によく車で送ってくる人だろ？　すごい外車に乗ってる……そうか…お母さんだったんだ。きれいな人だからてっきり……」

「てっきり？」

「……いや。ところで、風紀委員長としてお尋ねしますが、先日の五日間にわたる無断欠席は、麻疹が原因ですか、樋口くん？」

「……そーだよ」

「まだやってなかったんだ」

「悪いかよ。だっからヤだったんだよ、ガッコに連絡すんの。まり子にも黙ってたのに
……」

「てっきりハワイに行ったのかと」

「妬《や》いてた？……わけねーか。朔夜さんて、ヤキモチ妬くタイプじゃないもんなぁ。ちぇ、

つまんねーの」

「そうでもないよ」

朔夜は苦笑を浮かべた。

「けっこう態度に出るから……麻生《あそう》さんにはバレちゃってるな、たぶん」

「まり子？　そーいや、妙に仲いいですよねぇ。おれのことノケモノにして、二人でイチャイチャしちゃってさ。……まさか朔夜さん、あいつに惚れたんじゃないよな？　ダメダメ、やめたほうがいいって、あいつがきれいなのは顔だけ！　めちゃくちゃ口悪いし鬼だし性格ねじ曲がってるし……なに？」

いや、と朔夜はしみじみした眼差しを浮かべた。

「デリカシーが欠如してるのかと思ってたけど、たんにニブチンなだけだったんだな……」

「あーあ、早く退院してぇよ」

朔夜のほっそりとした手を取り、なめらかな膚を唇に押し当てる。

「そんで、朔夜さんとヤリまくりたい」

「なに云ってるんだ、昼間から」

朔夜の呆れ顔がすごくかわいく思える。生きててよかった、しみじみと思った。

ただ実際、個室って場所も善し悪しだ。やることも話し相手もなくて、一日ぼーっと面白くもないテレビを眺めていると、よけいなことばかり考えてしまう。

もう一人の朔夜が、もしまた出現したら。

そう、今夜にだってそれは起こりうるのだ。朔夜にはああ云ったものの、もしまたおれのいない所で——それを考えはじめると胃と心臓がジリジリと焼けつくようだった。

朔夜に治療の意志がない以上、これからも、もう一人の朔夜との共存は続くのだ。おれには耐えられない。朔夜が他の男に抱かれるなんて——

（バカ。おれが気弱になってどーするよ）

一番不安で辛いのは朔夜なのだ。この人を支えられるのはおれだけだ。なにか手段はあるはずだ。きっと——いや、絶対に。

「……病院に行くことにしたよ」

朔夜が、静かに云った。

「えっ……」

「もうアポも取ってある。明日、カウンセリングを受けてくるよ」

「ほんとですかっ？　けど、あんなに嫌がってたのに……」

「うん……でも」

朔夜はそっと喉に触れた。そこには石井に絞められた跡がまだ薄く残っていた。

「死ぬ気になればなんでもできるって、そう思ったから」

「朔夜さん……」

「それに、樋口がいてくれるだろ？　だから勇気が出せた。……君のおかげだ。ありがとう」

「なに云ってんだよ。決めたのは朔夜さんだろ。すごいよ」

恭介は彼の手を、両手でしっかりと握りしめた。

「大丈夫だよ。治る、絶対。おれが付いてる」

朔夜はしっかりと頷いた。その目に一点の曇りも、迷いもない。眩しかった。

（強い人だ……あんたって）

また惚れ直したよ。大好きだ。

握りしめた手を離しがたくて、指先にキスした。ついでに、ほっそりとした人差し指を咥えて、ちゅっと吸う。

「こら」

「いーじゃんちょっとくらい～。ねえねえ朔夜さぁん、今日泊まってってってよぉ。ねえねえねえ～。もう一人で寝るの飽きちゃったよお～」

「甘えんぼ。完全看護の病院にどうやって泊まるんだ。ベッドもないのに」

「ベッドなんか、ひとつで充分」

「そんな元気があるなら、参考書でも読みなさい。テストは来週だぞ」

「朔夜さんがベッドの中で個人授業してくれるってのは？」

「ダメだってば。こら」

「イチッ」

鼻先を指でビシッと弾《はじ》かれる。

「なんでだよぉ。けちんぼ。いーじゃんちょっとくらい〜。欲求不満で死んじゃうよぉぉ〜」

「君がそれくらいで死ぬもんか。今回の怪我でよくわかったよ」

「ひでえ。そんっなにおれ苛めて楽しいですか？　朔夜さんてホントはサディストだろ。こないだだってさ、バスローブ一枚で〝襲って下さい〟っていわんばっかりに挑発しといて、いざとなったらナイフなんか出しちゃってさ。おれのことホントは好きじゃないんだろ。そうなんだろ。お情けでつき合ってるだけなんだろ」

布団を額まで引き上げ、メソメソ泣くふり。朔夜は感心したような吐息をつく。

「よくそんなに口が回るね」

「回るだけじゃないぜ。確かめてみない？」

「いいかげんにしないと、ほんとに苛めるぞ」

「…………やっぱり嫌いなんだ」

「嫌いじゃないから困ってたんじゃないか」

美しい二重《ふたえ》で恭介を睨みつける。目の回りがちょっとだけ赤いのは、気のせいか？

「強引に求められたら、拒めないと思ったから……。体を重ねてしまったら、ますます諦められなくなるだろ。一生懸命諦めようとした努力が水の泡じゃないか」

「じゃあプッシュしたらやらしてくれたの⁉」

「下品！　言葉を考えなさい」

「やろう！　もうなんっにも遠慮することないっスよっ！　やろうやろう、いますぐ一発！」

「ほんとに体力あり余ってるな……」

呆れる朔夜を無理やり布団の中に引きずり込もうとした、そのときだ。

「こっちじゃないのォ？」

「405よ、右側よ」

「女に刺されたってマジかなあ」

「いやーん、グロス取れてないぃ？」

廊下から、ドヤドヤと足音、かしましい声。その異様な気配に、怪訝に外を窺う恭介。

「なっ……なんだっ⁉」

「いらしたようだね」

朔夜がすっと立ち上がる。その刹那《せつな》。

「恭介えぇっ！」

着飾った十数人の女たちが、どーっと病室に雪崩《なだれ》込んできた。

「先輩、だいじょーぶッ？」

「怪我はどうなのっ？　血は足りてるのっ？」

「心配でニューヨークから飛んできちゃった。退院するまで付き添うわ」

「恭介はん……うち、恭介はんにもしものことがあったら……」

「ケーキ焼いてきたよ、食べる？　あっ、無理かあ」

「花瓶花瓶！」

「ねえ、このメロン食べていいー？」

ベッドにすがりつく者、泣き伏す者、ケーキを切りはじめる者——

「なっ……なに？　なんなの？　なんでこいつらが怪我のこと知ってんの？」

「ぼくがお呼びしたんだよ。病室で飲酒喫煙をはばからない困った患者のことを師長さんから相談されてね。あり余った体力を消耗させるには、なにが一番手っ取り早いかな、と……。麻生さんに頼んで集合かけてもらったんだけど、こんなに集まるなんて。さすが樋口だね」

朔夜はさっさと帰り支度を整え、ぽかんとしている恭介に、しれっとした笑いを浮かべて云った。

「個人教授は彼女たちにしてもらったら？」

「さ、朔夜……さん……？」

ひくっ…と恭介の顔がひき攣る。

「もしかして、それって……ヤキモチ……？」

「どうかなあ？」

「まっ、待ってよ！　もういいっ。女は当分いいって！　こんなヤキモチは嬉しくねー！」

「お大事に」

病室を出ていくつれない背中に、恭介はベッドの上から必死に手を伸ばす。

「朔夜さぁ～～～ん！　助けてくれぇぇぇ～～～～ッ！」

「恭介えぇ～っ、怪我したってホントなのおぉ～っ⁉」

そのドアから、第二陣がさらに雪崩れ込んだ。狭い病室にすし詰めになった女たちが、どーっとベッドの上に将棋倒しになって、十二、三人分の体重が恭介の腹部にのしかかる。

「ぎゃあああぁぁぁ～～～～～～～～ッ！」

悲鳴がリノリウムの廊下に轟《とどろ》き渡った。

樋口恭介、容体悪化により一週間の退院延期――面会謝絶の札がかかった病室を、夜ごと訪ねる朔夜の姿があった……かどうか。

誰も知らない。

熱くなるまで待って

1

「朔夜《さくや》さんはおれが嫌いなんだ」

オープンテラスのカフェのテーブル、頬杖《ほおづえ》ついて、呟《つぶや》いている恭介《きょうすけ》だ。

目の前に座った恋人からわざと視線を背けているのは、オレちゃまはスネちゃまなんでちゅ。かまってくれないとグレちゃいまちゅ。——な自分をアピールしているのであって、三つ隣のテーブルのお姉ちゃんの胸もとを見ているとか、ウエイトレスのミニスカートからすらりと伸びた生脚に見とれているとかいうことでは、断じて、ない。

「そんなことはないよ」

花びらみたいな可憐《かれん》な唇に苦笑をはんで、朔夜は軽く小首を傾《かし》げる。細い喉《のど》のあたりに右手をやるのは、困っているときの彼の癖だ。

紫がかった独特の色合いの黒い瞳に見つめられると、いつも湯当たりしたみたいに頭がポーッとしてきて、ちぇ、まあいっか、しょーがねーんだから朔夜さんはもおー。……とかいう気持ちになるのだけれど。

今日のおれは一味違うぜ。許してなんかやらないんだぜ。長いまつ毛を瞬《しばた》かせて、ご主人様のご機嫌をうかがう仔犬《こいぬ》ちゃんみたいな目ぇしたってムダなんだぜ。

オレ様は、怒っているのだ。

「嫌いじゃなきゃなんだっつーの？　どーいうつもりでこんなことするわけ。――クリスマスイブなんだぜ？　朔夜さん……ホントにわかってる？　おれたちは恋人同士で！　今日はクリスマスイブ！」

「樋口《ひぐち》……声が大きいよ」

周りのテーブルのぎょっとしたような注視を浴びて、朔夜はきつく恭介を睨《にら》んだ。ミルク色の頬を恥じらいに染め、居心地悪そうに肩を竦《すく》める。

注目なら、この店に入ったときから……いや、駅で待ち合わせた瞬間からずっと集め続けている。

朔夜のユニセックスな美貌《びぼう》は人目をひかずにおかないし、恭介の一八六センチの長身、アクの強い整った顔立ちは、いついかなる場面でも注目を集めなかったことはない。二人揃《そろ》えば注目度は二乗だ。

「声のでかさとアソコのでかさを気にしてちゃ、おれとはつき合えないぜ」

うそぶくと、恭介の視線の先にいた女子大生風の女が、かすかに顔を赤らめた。

「ほんとだね」

と、朔夜が、至って真面目に同意する。

「大きすぎるのも困りものだよね。この間もなかなか入らなくて……ぜったい無理だっていったのに、無理やり突っ込むから、出血して大変だった。もう治った？　あの靴ずれ」

恭介はこめかみを押さえた。

「……朔夜さん。靴のサイズのことじゃなくてね……」

「他に大きいところあったかな」

「あるっしょ。左足の親指と右足の親指の間に……デカイのがさ」

「そんなの……」

そこに目をとめ、朔夜は今度こそ頬を赤らめた。

「わからないよ。じっくり見たことないから……君のデベソなんて」

「デベソじゃねえし！」

「……プククッ」

朔夜の隣に座っていた少年が、こらえきれない、というふうに噴き出した。

真っ黒に陽焼けした顔に、ちょっと長めの茶髪。利かん気そうなくっきりした眉《まゆ》、勝ち気そうな口もと、生意気そうな目つき。萩原勇太《はぎわらゆうた》。この小学六年生が、恭介を不機嫌にさせているすべての原因だ。

「センセーの彼氏っておもしれーの。いっつもそんな漫才してんの？」

少年は、小さな肩を震わせて笑いをこらえながら、なれなれしく朔夜の肩に頭を寄せて、さらに恭介の反感を買った。

「漫才？　いつもこんなふうだけど。面白い？」

「うん。おれ、このヒト気に入っちゃった」

「……おれはちーっとも気に入らねー」

明後日を向いたまま、大人気なく不機嫌に吐き捨てる恭介。間に挟まった朔夜が、安堵《あんど》したようににっこり微笑《わら》った。

「よかった。二人とも仲良くなれそうで」

……もしもし？


草薙《くさなぎ》朔夜が家庭教師のアルバイトを始めたことは、もちろん恭介も知っていた。

マンションの隣に越してきた小学生相手で、土日を含む週四日、算数と理科の二教科。全国模試で五十位以内を軽くキープする秀才の朔夜だ。大学受験の勉強の合間に小学生の勉強をみるくらい朝飯前。

「私立中学の受験を控えてるけど近所の塾は定員オーバーで困ってるって、お隣さんから相談されてね。夕方からで、時給もいいし、生徒はいい子だし、バーのバイトやめてから暇だったから二つ返事で引き受けたんだ」

先月、新宿の書店で、小学生用の問題集と参考書を熱心に選ぶ朔夜からそれを聞かされたとき、恭介は即座に、

「却下」

「……え？」

「ぜったいダメ。反対」

云《い》うなり、朔夜の鞄《かばん》を取り上げて、スタスタと出口に向かったのだった。

「ダメって……樋口、こら。鞄返しなさい」

「その話は断って下さい。絶対ダメです。家庭教師なんて危険なバイト、おれが許しません」

「危険？　なにが？　ＮＰＯのボランティアに行くわけじゃないんだよ」

「地雷探しの比じゃねーよ！」

だって！　家庭教師なんていったら！　密室に男と二人きりじゃねーか！

はい、次はこの問題解いてみて。えー、全ッ然わかんねーよ、こんなのー。さっき教えた公式を使うんだよ。頑張って。全然わかんねー。先生の教え方が悪いんじゃねーの？　え、そんな……じゃ、もう一回説明するからよく聞いて。それよかセンセ、もっと楽しい勉強教えてよ。上手なキスのやり方とか、キスしながら服を上手に脱がす方法とかさ。なっ……なに云ってるんだ、キミは。お母さんに叱《しか》ってもらうよ！　いいぜ。云いつければ？　おれ、

センセに誘惑されたって云うもんね。……センセ、クビになったら困るんだろ？　だったら云うこときけよ。したら勉強してやっからさ。あっ……ダメだよ、そんな……生徒のくせに……ああん……××くん、上手ぅ……。

「危険だ！　ずえぇったいダメッ！」

「……なにを想像してたか、聞かなくてもわかった気がするよ」

鞄を取り返し、朔夜は、呆《あき》れと軽蔑《けいべつ》の入り混じった溜息《ためいき》をついた。

「最近のガキは発育がいいんだぜ。押し倒されたらどーすんの」

「彼は一五三センチだよ。だいたいそんなことあるわけないだろ、なに考えてるんだ。小学六年生だぞ？」

「歳《とし》なんか関係ないね。おれが童貞捨てたの、小六だぜ。ちなみに相手は家庭教師。現役の女子大生」

「なるほど。脛《すね》に傷持つ身だから人を疑いたくなるんだな。勇太くんはそんな子じゃない」

「勇太ァ？　なにそれ……おれのことは名字で呼ぶくせに、なんでそいつは名前なんだよ。何べん云っても恭介って呼んでくれねーのにっ。そいつだけ！　ずりい！」

「そう云われても、もう癖になっちゃってるんだ。いまさら呼びづらいよ」

「やだやだやだーっ。恭介って呼んでくれなきゃやだーっ。えーんえーんえーん」

「……しょうがないなあ。でっかい図体して。樋口のほうが子供みたいだ」

参考書コーナーの前で泣き真似をする恭介に、朔夜の苦笑まじりの溜息。

(けけけ。ちょろいぜ。あと一押し……)

——と、顔を覆った指の間から見れば、朔夜は問題集を手に、さっさかレジへ歩いていくではないか。

「朔夜さぁん⁉ ち、ちょっとお…」

慌てて後を追いかける。

「早く帰って参考書チェックしたいんだ。中学受験のときどんな問題やってたか、いまいちあやふやで。教え方も違うかもしれないし」

「バイトしたいんならおれが雇うよ。おれの勉強みてよ」

背中にべたーっとなつく恭介。立ち読みの女子高生たちが、雑誌の陰から、好奇心丸出しの眼差《まなざ》しで二人を凝視している。

「お断りだな。樋口はちっとも真面目にやらないじゃないか。こら、重い」

後ろから回された恭介の手を、取り出した財布でペチンと叩いて、

「入院してたときだって、勉強が遅れてるっていうから見てあげたのに、ちっとも集中しなくて……」

「だって密室に二人っきりで膝《ひざ》つきあわせて同じ参考書覗《のぞ》いてるんだぜ? 欲情しねーほうがどうかしてる」

「じゃあぼくはどうかしてるらしい。あ、領収書お願いします」

レジで店員の好奇の目に曝《さら》されつつ、朔夜は精算を済ませ、恭介を背中に貼り付かせたまま出口へ向かう。

「重いよ、もう……。自分で歩きなさい」

「やだやだやだようーっ」

朔夜の細いうなじに額をぐりぐりすりつけて喚く恭介。すでに恥も外聞もない。

「だって中学受験って二月くらいまでだろ？　どーすんだよ、冬休み。昼過ぎに起きてワイドショー見て餅《もち》食って夕方クラブ行って酒飲んで始発までうだうだやって、二日酔いで起きるともう暗くなってるから迎え酒飲みに行ってまたうだうだ……それが冬休みの正しい過ごし方ってもんじゃゃんか！」

「……なるほどね。そういう自堕落をくり返しているうちに始業式の日にちを忘れて十日もたってからのこのこ登校してきたわけだね、去年の三学期は」

「時効時効。それにクリスマスは？　大晦日《おおみそか》は？　正月は？　一緒にパリかバリ島行こうと思ってたんだぜ」

「そんな金ないよ。うちは樋口の家みたいに裕福じゃないんだから」

「費用なんかおれが出すのに」

「樋口のお母さんが、だろ。そんなことさせられない」

「えーんえーんえーん」

「泣き真似してもムダだよ。もう信じない。何度だまされたかわからない」

「……これに何度もひっかかるってのもスゲエけど……」

「とにかく。いったん引き受けた以上、断れないし、断る気もないよ」

たおやかな見かけとは裏腹に、朔夜の地は案外、頑固だ。こうと決めたら絶対に譲らない。

このときもそういう決意が瞳にあった。

だがこっちだって引けない。

「やだやだやだやだよ〜っ！」

「まったく……」

しょうがないな、と朔夜は溜息をつき、年下の男の腕の中で、くるりとターンして恋人と向き合った。そして彼独特の、恭介をポーッとさせる頰笑みをふんわり浮かべ、しなやかな白い人差し指で、恭介の唇をつう……っと撫《な》でた。

「そんな駄々、大人気ないよ。それに……小六のガキなんか、君の相手じゃないだろ。ね……恭介？」

……まあね。あんまりダメダメ云ってばかりじゃ大人気ないしね。大人の寛容さってのをみせなきゃね。——というわけで、引き下がった恭介。

それからほどなく朔夜のバイトは始まり、生徒の勇太なる少年が、「昨日のテストで九十五点取った」だの「前の学校でサッカー部のエースだったんだって」だのと、ちらほら話の中に出てくるようになった。

こっちが会えない日が続いてるときに、昨日は勇太くんと公園でサッカーをした、なんて話を聞いたりするとこめかみに青筋がピクピク立ったけど、「大人の余裕……余裕……」と百回くり返してこらえてきた。

だけど。だけどね朔夜さん。おれの寛容さにだって限界があるんだぜ。

だって今日はクリスマスイブ。年に一度の恋人たちの祭典なのだ。

「なのに。なんでそんな日にそんなクソガキ連れてくるんだ⁉」

待ち合わせ場所に現われた朔夜を見たとき、まず恭介は、いつものように、彼の美しさにしばし見とれた。

白いハイネックのセーターに、黒のコーデュロイのパンツ。カラシ色のダッフルコートが似合っている。

一七七センチの長身なのに、朔夜は骨格が華奢《きゃしゃ》にできているらしく、肩幅も腰回りも恭介より二回りも小さい。

冬の陽を弾《はじ》くつややかな黒髪。ミルク色の小さな顔。ユニセックスな美貌は馨《かぐわ》しい白い花を思わせる……例えるなら月下美人だ。唇はほころんだ桜の蕾、紫がかった黒い瞳は、芯の通った強さとともに、理知的に輝いて……。

おれの朔夜さん。この世で一番きれいな朔夜さん……見つめてるだけでおれをこんなに幸せにしちゃう人なんて、後にも先にもあんた一人だ。

見とれてた。だから、彼の横で恭介を見上げていた少年がいたことになんか、まったく、ちっとも、これっぽちも気付かなかったのだ。

「紹介するね。萩原勇太くん。小学六年生。ぼくの生徒だよ。東斗《とうと》付属中学を受験するんだって。樋口も東中持ち上がり組だろ？　来春からは後輩だね」

朔夜は、なぜかガキ連れだった。

身長一五三センチのジャニーズ系、まあまあ美少年。図々しくクリスマスデートにくっついてきただけでも許しがたいというのに、

「受かれば、だよ。気ィ早えよ、朔夜さんは」

なれなれしく「朔夜さん」呼ばわりされた日にゃ、はっきりいって、テーブルひっくり返

して星一徹したくなった恭介だ。

そんな恭介の心の中などどこ吹く風、朔夜はニコニコ勇太を見つめて、

「心配ないよ。勇太くん、飲み込みが早いから。苦手な算数のテストだって、八十点取ったじゃないか」

「……満点じゃなきゃ合格ラインにゃ入らないね」

「東斗中は、レベルは上の中ってところだし」

「……無理して入ると高等部進学で六十％落っこちるけどぉ」

「樋口」

そっぽを向いたまま、ぶすったれた半畳でまぜっ返す恭介に、朔夜は咎《とが》める目つきになった。

「勇太くんはナーバスな時期なんだよ。わかるだろ？」

……おれだってナーバスですよ。恭介は肩を竦める。

「さあ、おれ幼稚舎からだし」

「へー、あそこの幼稚舎って金持ちしか入れないんだよね。樋口さんって金持ちなんだ？」

勇太がテーブルから体を乗り出すように訊《き》く。

「いいなー。幼稚舎からいたんなら、受験しなくていいんだもんなー」

「そんなことないよ。進学テストがちゃんとあって、成績が悪いと、ほんとに六十％以上ふ

るい落とされるんだから」

朔夜が恭介の代わりに答える。そうそう。楽じゃねーのよ。云ってやって云ってやって。

「成績のほかに、日頃の素行や校内外の活動もかなり重視されるんだよ。だから、素行においては東斗百五十年史上最悪といわれる樋口が留年しないのは東斗七不思議のひとつだとか口の悪いことを云う人もいるけど、学力がない者を進学させるほど甘くはないからね。特に樋口はテスト勉強の要領の良さにかけてだけは秀逸だから、勇太くん、ポイントを教えてもらうといいよ」

……先輩。ぜんぜんフォローになってません。

「ふーん。やっぱ世の中、要領の良さか。ねーねー朔夜さん。受かったらＴＤＲ連れてってくれる約束だかんね」

「わかってる。それで、オフィシャルホテルに一緒に泊まるんだろ？」

「朝飯はパンケーキな、ぜったいだぜ」

「約束する。だから頑張って合格目指そう」

二人の親密な、妙な連帯感のある会話に、恭介の機嫌はますます斜めになっていく。受かったらＴＤＲご一泊う？　ざけんなクソガキが。落ちろ落ちろ落ちろ、落ちてしまえ！　東斗の外部受験をナメんなよ！　ケッ！

「あ、おれトイレ」

小僧が立ち上がった。永遠に戻ってくんな、と後ろ姿に呪《のろ》いの視線を飛ばす恭介。

「……イブなのに……」

恨みがましく呟いてみる。

「ごめん。勇太くん、こっちに引っ越してきたばかりで、クリスマス一緒に過ごすような友達いないみたいで。受験のせいでサッカー部も入れなくて、フラストレーション溜《た》まってるみたいなんだ」

おれだって溜まってる。冬休みに入ってから三日も会ってなかったのだ。

「彼、父子家庭でね。うちも同じような境遇だろ。なんだか放っておけなくて」

「オヤジさんまだ帰ってきてないの？　いまどこ行ってるんだっけ」

「ザイール。年末には帰国する予定だったけど、どうなるかな……」

朔夜の父親は著名なジャーナリストだ。

三十代後半とは思えない鍛えた体つきで、身長も恭介よりでかい。ベンガル虎みたいなワイルドな男だ。息子と恭介の関係は薄々察しているはずだが、深くつっこんでこない辺り、理解力があるのか単に大ざっぱなのか……朔夜の父親だけに、鈍いだけだったりして。

ぼんやり外の風景を見ている朔夜の横顔を、そっと窺《うかが》う。

父親は海外取材が多く、ほとんど日本に落ち着いていない。数年前、同居していた祖父が亡くなってからは、朔夜は広いマンションでほとんど一人暮らしの状態だ。

口に出さない人だけど、たくさん寂しい思いもしてきたのだろう。そんな気持ち、あのガキに重ねているのかな……。

子供じぶんにたっぷり愛されて育った記憶しかない恭介は、他人の不遇な話に、実はめちゃくちゃ弱い。

（うちは両親共働きで忙しかったけど、ガッコ帰りはオヤジの仕事場にただいまって帰って、オヤツも夕飯もそこで食ってたし。周りはキレイなねーちゃんばっかで、環境は最高だったもんな……）

両親が離婚したのは恭介が中二のときで、恭介は母親に引き取られた。その頃にはもう女のところに入り浸る生活だったから、寂しいと思うことはなかったし、父親との仲も良好だ。

「ねえ、けど朔夜さん。なんであいつ、おれと朔夜さんの関係知ってんの？」

彼氏って云ってたよな、さっき。朔夜は気まずそうに視線を落とした。

「話しちゃったんだ。君のこと問い詰められて……つい」

「おれが恋人ですって？」

「嘘つけなくて……ごめん」

「すっげー嬉しい」

「……ばか」

「そんじゃ、ゲーセンでも行きますか」

「え？」

ウエイターを呼んで、レシートと代金を渡す。小僧がトイレから出て、尻《しり》で濡《ぬ》れた手を拭《ふ》きながらこっちにやってくる。

「子連れじゃ遠出はできないし、お台場《だいば》かな。ジョイポリスでいい？」

「……いいの？」

小鳥みたいにちょっと小首を傾げて、ハムスターみたいな濡れた目で見上げられて、ダメって云える人間がいるんならここに連れてきてほしいぜ、マジで。

「今日は朔夜さんの喜ぶことだけ考える。クリスマスイブだもんな」

恭介のウインクに、朔夜は長いまつ毛を瞬《しばた》かせ、

「ありがとう」

ふわっと微笑んだ。

(ちっくしょ、かわいい……っ)

抱きよせてキスしたい衝動を、手の平に爪《つめ》を立て、ぐっとこらえる。……夜までの我慢。

我慢だ。

2

「センセ！　次あれやろうぜ、あれ！」

お台場。巨大アミューズメント施設。

ガキ連れのフラストレーション解消っつったらこんなトコだろ、勝手に遊ばせておけばいいし、と適当に選んだ場所だったが、入場わずか五分後には、恭介自身が激しいフラストレーションに見舞われるハメに陥っていた。

勇太はあらゆるゲームに朔夜をひっぱり回し、こういう場のアトラクションはたいてい二人乗りだの対戦ゲームが主であるゆえに、恭介はぽつんとあぶれ者。

ゲームに興じる二人を指を咥《くわ》えて見ていることになり……隙を見つけて割り込もうとするも、少年にぐいぐい手を引っぱられる朔夜に、目線で「ごめん」されてしまうと、大人に徹すると誓った手前、無体なまねもできず。

（くっそぉぉ……。あのクソガキ、おれの朔夜さんといちゃくらしてからに……！）

ベンチで一人寂しく荷物番。煙草のフィルターを苦々しく嚙《か》み潰《つぶ》しつつ、改めて決意を胸に固める恭介だ。

見てろよ。この溜まりに溜まったフラストレーション、今夜たっぷり発散させてもらうかな……！

樋口恭介が、朔夜といわゆる恋人同士になったのは、いまを遡《さかのぼ》ること半年前。あるストーカー事件がきっかけだった。

そこからさらに遡ること三ヵ月、校内で出会い頭にぶつかった一学年上の〝鬼の風紀〟こと草薙朔夜に一目惚《ひとめぼ》れしたのがその始まり。

重役出勤で名を馳《は》せていた恭介が、朔夜会いたさに改心し、二十人以上のオンナも整理して、アタック試みること三ヵ月。まったく相手にされなかった恭介だが、やがて、朔夜が被《こうむ》ったストーキング事件にかかわるうち、朔夜の重大な秘密を知ることとなり、朔夜が実は恭介の一目惚れのずーっと以前から恭介に想いを寄せていたことが明らかになり……偏執的な想いを募らせた石井《いしい》というストーカーから、文字通り体を張って朔夜を助け……などなど、艱難辛苦《かんなんしんく》を乗り越えて、想いの通じ合った二人は、晴れて恋人同士。

の、はずだったのだが……。

（恋人同士なんて、名前だけじゃねーか）

恭介の不満は大きい。

(半年だぜ。半年もつき合って、セックスどころかキスがたった二回。百八十二日でたった二回！　いまどきどこにそんな恋人同士がいるんだよ⁉)

そのキスだって二回とも恭介からだ。手も握ってくれないし、抱きつくと〝めッ〟ってされる。お泊まり禁止、旅行もパス、一緒に風呂入るのもダメときた。いっそ後退してるんじゃないか？

しかし、我慢した。

朔夜はこの半年、彼の抱える精神的な病の治療を受けてきた。人に知られることを恐れ、父親にさえ隠してきた朔夜が、事件をきっかけに勇気を奮って治療に臨むようになったのだ。

その甲斐《かい》あって、この半年、〝あいつ〟は出現していない。完治にはまだ早いらしいが、とにかくそれは、恭介にとっても喜ばしいことだった。

(だから我慢してきたんだ)

カウンセリングで精神的にかなり疲労している朔夜を見るにつけ、彼はいまつらい病と闘っているんだ、無理強いはいけない、いまはまだその時じゃない……と、はやる気持ちを抑えに抑え、半年。

(いくらおれでもそろそろ限界だぞ)

たった二回のキス……唇の柔らかさを思い出して右手の世話になること半年！　浮気もせ

ず、涙ぐましい忍耐を重ねてきたのだ。そろそろご褒美を貰《もら》ったっていいはずだ。

時は十二月。おあつらえ向きにクリスマスイブ。もう我慢はしない。今日がどんな日か、朔夜だってわかっているはずだ。イブに恋人同士で過ごす……それがどんな意味を持つのか。

（今日こそは本懐遂げさせてもらう）

心の中で握り拳《こぶし》をぐっと固め、二本めの煙草を咥えた恭介に、

「……ひとり？」

横から、カルティエのライターの火がすっと差し出された。

ロングヘアの美女……口もとに色っぽいホクロが二つ。マスカラで整えた長いまつ毛をゆっくりと瞬かせ、すくいあげるように恭介を見上げる。

「六年ぶりね」

「……どなたでしたっけ」

「忘れちゃった？　連立方程式の解き方と一緒に、ブラジャーの外し方も教えてあげたのにな。もう分数の計算はできるようになった？」

「もう小学生じゃないんだぜ、玲子《れいこ》さん」

口を尖《とが》らせる恭介に、美女はにっこりした。ピンク色のグロスが綺麗《きれい》だ。

「よろしい。初めてのオンナ忘れちゃ、男失格よ。……イブにゲームセンターでデート？　渋いわね」

「そっちこそ」

「子供のリクエストなの。いま旦那《だんな》とアトラクションに入ってる」

「へー、あの玲子さんが母親かあ」

「短大出てすぐ結婚したの。まだこのピアスしててくれたんだ？」

左耳朶《みみたぶ》をきゅっと引っぱる。縦に四つ並んだラピスラズリのピアス……初めのひとつは、もともとは玲子の耳朶を飾っていたものだった。あとは他の女にプレゼントされたり、自分で買ったり。

「あいかわらず女の子泣かしてるの？」

「いまはおれが泣かされてる」

「上等。恭介を泣かすなんてきっと素敵な子なんでしょうね」

「そりゃもう、世界一。玲子さんの旦那は？　おれよりいい男？」

「当たり前よ、世界一。あ、出てきたみたい。それじゃ。彼女とお幸せに」

「玲子さんも」

　アトラクションから人が出てきた。玲子は小さな男の子を連れた中年太りのセーターの男に手を振って近づいていく。あれが旦那か。結婚するなら男前じゃなくていいから家庭的で子供好きな男だと云っていた。理想の相手を捕まえたのだろう。どこから見ても幸せそうな家族だ。

（あいかわらずいいケツしてる……）

ぼーっと見とれていると、同じアトラクションから出てきた勇太が、小走りに戻ってきた。

ベンチに置いてあったリュックを拾い、肩にかける。

「朔夜さんは？」

「アイス買いにいった。……オンナひっかけてんじゃねーよ、浮気ヤロー」

「悔しかったら真似してみな、クソガキ」

ふーっと煙草の煙を吐き出す。勇太はげほげほとわざとらしく噎《む》せた。

「子供の前で煙草喫《す》ってんじゃねーよ。マナーのねーやつだな」

「あー悪い悪い、そうだな、背が伸びなくなったら困るもんな」

「……おまえ、でけーな。何センチ？」

勇太は生意気な目つきで恭介を見上げてくる。その頭は恭介の胸の辺りだ。

「最大膨張数値二十一センチ」

「下品なことばっか云ってっと、朔夜さんに振られるぜ」

ヘッ、とバカにしたように短く笑う勇太。よけいなお世話だ、とマジで睨み返してしまう恭介。大人の余裕もへったくれもない。

「ナマ云ってんじゃねーぞ。ドチビ」

「っせーな。おれはチビじゃねー。てめーだって十二んときはチビだっただろ！」

「おれ小六で一七〇越えてたもんねー」

「……」

勇太は悔しそうに歯軋《はぎし》りする。

フン。勝ったぜ。恭介は大人気もへったくれもなく満足し、ふーっと煙草の煙を吐き出した。

（六時か……さっさとこのガキ帰しちまお）

外はもうとっぷり暮れた頃。これからは大人の時間だ。

（来年こそはパリでクリスマスしよ。今年は涙をのんで我慢したけど……）

そんでセーヌのほとりで人目はばからずちゅーとかイチャイチャとかするのだ。南の島って手もある。アマンダリのスイートで二人っきりのらぶらぶタイム。花びら浮かべた風呂に朔夜さん入れて、手の平で入念に体洗ってあげたりして……くうう〜っ。股間《こかん》にくるぜっ！

「……タッパあったってチンコがでかくたって、やらせてもらってねーんじゃしょーがねーよな」

「ゲホッ!?」

思わず噎せた。勇太は涼しい顔で横を向いている。

「エホッゲホッグエホッ」

「きったねーな。唾《つば》飛ばすなよ、オッサン」

「オッサンだ⁉　まだ十七だおれは！」

「オッサンじゃんか」

「……ガキが」

「ちょっとトシ食っててタッパあるからって威張ってんじゃねーよ。朔夜さんの恋人っつーからどんな男かと思ったけど、ただのタラシじゃん。問題外だね」

「ンだとお……⁉」

「あンだよ」

一五三センチの勇太は、三十センチはゆうに差のある恭介を、真《ま》っ向《こう》から睨み返してくる。

（このガキ……）

なんて目をしてやがる。これは子供の目じゃない。大人の男の――オスの目だ。

（こいつ、まさか……）

どす黒いいやあ～な予感が、胸にもやもやと湧《わ》き上がってくる。イッパツしめとかなアカンな、と少年の襟首《えりくび》を締め上げようとしたその時、

「お待たせ……どうしたの？」

朔夜がソフトクリームを手に戻ってきた。火花を飛ばしあう二人を、怪訝《けげん》そうに交互に見る。

「……べつに」

「なんでもないよ。おれチョコミックス！　朔夜さん、あっちで食おうぜ」

勇太が元気よく朔夜にじゃれつく。灰皿に煙草を揉み消しながら、恭介は眼差しを冷たく光らせた。


きらびやかなイルミネーションに彩られたクリスマスイブの街はいつも以上の混雑で、人にぶつからずには一メートルだって進めないようだった。

「はぐれちゃうよ」

朔夜が勇太の手を繋《つな》ごうとすると、勇太はちょっと口を尖らせた。

「いーよ。ガキじゃあるまいし」

「じゃおれが繋ごーっと」

するり、しなやかな指に指を絡ませる。こら、と朔夜が睨んだが、気にしない。

「手ぇ冷えきってるじゃん。おれのコートにつっこんでな」

「いいよ。でも樋口の手、あったかいね」

ポケットの中で、朔夜がそっと手を握り返してきた。

通行人も振り向く甘いいちゃいちゃぶりを、ムッとした顔で睨み付けている勇太に、恭介はへぇ〜んとばかり眉を跳ねあげてみせる。ざっまみろ。

「おれ平均体温三十七度あんの。足もぽかぽかだぜ。朔夜さん、足も冷たい人だろ。……今夜、足挟んで寝てあげる」

最後のほうは耳もとで囁《ささや》くと、朔夜は耳朶を赤くして、唇の動きだけでバカ、と呟いた。

ああもう。かわいすぎっ。

すると、突然勇太が、来た道を駆け出した。

「勇太くん？」

「すぐ戻ってくる！　先行っててよ！」

「迷子になるよ！」

と叫んだ朔夜にも振り向かず、人込みをすり抜けてたたたーっと走っていってしまう。

「しょうがないな……」

「朔夜さん」

恭介は、追いかけようとした朔夜の肘《ひじ》を摑《つか》んだ。

「あいつのカテキョやめろよ」

「どうしたんだ。その話はついたはずだろ」

「あいつじゃなきゃいいけど、あいつはダメだ。勇太はあんたに惚れてる。なにされるかわかんねえぞ」

「……」

朔夜はきょとんと恭介を見上げた。言葉を継ごうとした恭介を遮るように、ふっ……と溜息をつく。

「樋口。大人気ないよ。勇太くんが気に入らないなら、それはしかたないけど、彼はまだ小学六年生だよ？　子供に対してそういう穿《うが》った見方はするべきじゃない」

「穿ってるとか穿ってねーとかじゃないんだって！　おれにはわかるんだよ。あいつの目……おれと同じだ。あんたにマジ惚れてる。ガキだからって甘く見ちゃだめだ」

「バカなことを云わない。勇太くんは一人っ子だから、兄みたいに慕ってくれてるんだ。それだけだよ。彼にやましい感情なんかない」

「あんたは危機管理能力が乏しすぎます！　あの男のことだってそんなふうに庇《かば》って……みろよ、結局どうなった？　殺されかけたじゃねーか！」

「勇太くんは小学生だよ。樋口はおおげさすぎる」

「朔夜さーん！」

人ごみをかきわけながら、勇太が息を切らして戻ってきた。

「これやるよ」

と、朔夜に小さな紙袋を渡す。

「そこの露店で見つけてさ。似合いそうだったから。安モンだけど、プレゼント」

小さな銀の十字架のついたチョーカー。黒い革紐《かわひも》がついている。

「こういうのつけたことないな」

「ほんとに？　つけてやる」

勇太は歩道の柵《さく》に足を乗せて伸び上がると、朔夜のうなじにチョーカーをとめた。ハイネックの喉もとに、十字架がうまい具合にぶら下がる。

「やっぱ似合う」

勇太はニヤッとし、あっと思う間もなく、朔夜の唇に顔を近づけた。

「メリークリスマス」

ちゅっ。（↑キスの音）

ちゅっど――――――――――――――――ん。（↑恭介の頭上でＴＮＴ爆弾二万トンが爆発した音）

3

「そんでけっきょく、あのガキの門限があるからってゲーセン行っただけで直帰だぜ⁉　信じられっか⁉　イブのデートが六時で終わり！　この日のために半年も前から日本橋の料亭、いっちゃんいー部屋予約してたのに……覚えてるだろ、泣きボクロの色っぺー女将《おかみ》がいる店」

『廊下で恭介を口説いた年増のいる料亭ね。覚えてる。帯の色が最悪だった』

電話口でまり子が答える。あいかわらず口の悪い幼馴染《おさなな じ》みだ。

『でも草薙先輩、味覚障害なんでしょ？　料亭なんか連れてったって金のムダじゃない』

「だから日本料理にしたんだよ。見た目で楽しめるだろ。あそこは庭もきれいだし、鯉《こい》もいるし」

『でもクリスマスに渋すぎるセッティング……ああ。なーるほど』

と、まり子は意味深に笑い、

『あそこ、離れがあったよね。檜《ひのき》風呂付き、お泊まりOKの。確か朝食付きで一泊十五万、税・サ別……』

「な、なんで値段まで！」

『やっぱり。そんな下心持ってくから逃げられるのよーだ』

「……朔夜さん、おれのこと冷めちゃったんかなあ」

恭介は深い溜息をついた。

「エッチさせてくれねーし……イブのデートだってのにあんなガキ連れてくるし……今朝だって、風邪ひいて寝込んだから見舞いに来てって電話したら、〝忙しいから行けるかどうかわからない〟……ってフツー云うか？　なにを置いても飛んでくるのが恋人だろ⁉」

『行かない。風邪が伝染《うつ》る』

「……おまえに相談したのが間違いだった」

『そーよ。この寒いのにホモのグチなんか聞かせないでよ。あーやだ。鳥肌立っちゃう。だいたい、恭介の風邪なんて仮病バレバレなのよ。もうちょっと頭使って呼び出しなさい、じゃあね』

「……くっそー」

携帯電話をベッドに放る。

（くっそー。くっそー。くっそー。どーせ仮病だよ。悪かったな。しゃーねーじゃんかよ。こうでもしなきゃあの人来てくれねーんだもん）

……しても来てくれなかったけど。

（あーあ……。朔夜さん……寂しいよぉ……）

フテ寝しちまお……と布団を被《かぶ》ると、ピンポーンと玄関のチャイムが鳴った。飛び起きてパジャマのままマッハで階段を駆けおり、玄関へ。インターホンのカメラを確認もせずドアを開ける。

「……なんだ。美香子《みかこ》か」

「なんだ、とはずいぶんな言い種ね」

明るい色の髪のグラマーが立っていた。

「まだ寝てたの？　冬休みだからってぐうたらしてちゃ太るわよ」

招かれざる客だとわかった途端、踵《きびす》を返して二階に上がっていく恭介の後を追ってくる。かまわずベッドに潜り込んだ。

「成田から直行したの。会いたかったわ。恭介、また携帯切ってるでしょう。家に来てみてよかった。今夜、一緒に食事をどう？」

ベッドの縁に掛け、恭介の髪をやさしく梳《す》いた。手首から甘い香水の匂い。

「帰ったほうがいいぜ。おれいますっげー機嫌悪いから。風邪ひいてるし」

額を撫でる白い指から、恭介はツイと顔をそらした。

「風邪？」

「そう。仮病」

「あらら。お粥《かゆ》でも作ってあげましょうか？　おうちの人誰もいなくて拗《す》ねてたのね。恭介って、構ってもらえないと時々拗ねちゃまに変身しちゃうんだから」

「さわんなよ」

唇をムニムニつまむ女の手を冷たく払いのける。

「機嫌悪ィっつったろ。犯されたくなかったら帰れ」

「あらあら、ご機嫌斜めちゃん」

美香子は布団の中に手を滑らせ、恭介の太腿の辺りをまさぐってきた。無視していると、布団がめくられ、仰向けの恭介の腹を跨ぐようにして美香子がのしかかってきた。

「よせっての」

「しっ……。病人なんでしょう？　おとなしくしてて、全部やってあげる」

「あのなあ……勝手にしろ、どーせ勃たねえし」

美香子はタイトスカートをゆっくりとずり上げた。黒のガーターストッキングと白い太腿のコントラストが目に眩しい。片手を自分のスカートの中に入れ、見せつけるように高級そうな黒いレースのショーツをずり下ろし、ゆっくりと手を動かしはじめる。くねる腰。のけ反る白い喉。恭介は冷めた目でそれを見ていた。

快楽に耽《ふけ》る表情なんて、どんな女もたいてい同じだ。べつに美しいものじゃない。

朔夜は違う。美しかった。ミルク色の膚《はだ》がほんのり桜色に上気して……乾ききった唇をぺろっと舐《な》める濡れた舌先。切なそうにひそめた眉、目もとがとろんととけて……そうだ――

目だ。あの目。スタールビーみたいに真っ赤に染まった瞳！

「……ちょっと」

美香子が動きを止めて、恨むような眼差しで恭介を睨んだ。額がほんのりと汗に光っている。

「どういうことよ」

「だから云っただろ、勃たねーって。はい、ティッシュ」

「最低……。こんな恥かかされたのは初めてよ」

「悪い。マジで病気なんだ」

嘘はついてない。立派な「草薙朔夜病」の症状だ。

身支度する美香子の背中を見ながら、恭介は煙草に火を付けた。

「なあ、美香子とおれ、何年だっけ」

「三年かな。恭介、まだ十四だった。大学生だと思って声かけて。中二のガキだって知ったの、二ヵ月もつき合ってからだった。」

中二か……一番やってた頃だな。

恭介は天井に煙を吐いた。

やった女の数なんていちいち覚えちゃいない。人妻、ＯＬ、女子大生、銀座のホステス……それこそありとあらゆる女と寝た。それなりに恋もした。……つもりになってた。

紛《まが》い物だ。あんなの、恋とは呼べない。ほんとの恋を知ってしまった今では。

草薙朔夜。——名前を唱えるだけで、こんなにも胸が高鳴る。

紫がかった不思議な黒い瞳、ミルク色の膚、しなやかな体つき……桜色の唇。思い描くだけで、体の芯が燃えるように熱くなってくる。

誰かを想うだけでこんなに胸が苦しくなることなんて、いままで一度だってなかった。

(苦しいよ、朔夜さん……)

好きだ。好きで好きでたまんないよ。あんたを思わない日は一日だってないよ。たった一日顔を見ないだけで胸が潰れそうになるよ。朝目が覚めたとき、夜寝る前、今頃どうしてるかなっていつも考える。考えると声が聞きたくなって、夜中でも電話したくなって……でも声を聞いたら顔を見たくて我慢できなくなってしまうから、朝まで必死でこらえて。笑えるよな、このおれが。会いたいときに会って抱きたいときに抱く。我慢なんかしたことなかったのに。

こんな気持ちになってるのはおれだけなのか？　朔夜さん……あんたは違うのか？

(抱きてぇよ……あんたを)

たった一度だけ、セックスした。

ものすごい快楽だった。それまでのセックスはままごとだったと思った。

けれど、あのときの朔夜は朔夜であって朔夜じゃない……別の人格に支配されていた。

朔夜のもうひとつの人格——それは、邪淫《じゃいん》の性だ。

朔夜の意識と体をのっとり、何十人もの男と寝て、朔夜を苦しめたもう一人の〝朔夜〟。あの〝朔夜〟なら、恭介を拒まないだろう。むしろあのときと同じように、自ら脚を開いて恭介を誘うだろう。

だけど、おれがしたいのは、〝朔夜〟とのセックスじゃない。本当の朔夜と体を重ね、ひとつの快楽を分かち合いたいのだ。

あの潔癖な美貌が快楽で歪《ゆが》むところが見たい。たおやかな白い肢体を隅々まで愛して、いたぶって、泣きわめいても許してと訴えても、ぜったい許してやらなくて——

(欲しいよ……朔夜さん。あんたが欲しい……!)

白い肢体におれの杭《くい》を打ち込みたい。おれを刻み込んでやりたい。血にも肉にも。どんだけあんただけか、おれの全身で思い知らせてやりたい。

そんな激情と、彼に優しくしたい気持ちと、裏腹にある支配欲。身勝手で傲慢で独りよがりで。こんなドロドロした気持ちも、朔夜を知ってからだ。

(運命——か)

人と人の人生がある一点でクロスし、ねじれあう。もしあのとき、廊下で朔夜にぶつからなかったら——三年の校舎に行かなかったら——あの階段を使わなかったら——何億もの〝もしも〟。何億もの偶然の重なりで出逢《であ》えた、おれの運命の人。

朔夜と出逢わなかったら、きっとこんな感情が自分の中にあったことさえ知らずに、一生を過ごしてしまっただろう。

(得したのか損したのかわかんねーけど)

苦笑。煙草が唇を焦がすほど短くなっていたのに気付き、コーヒーの空き缶に落として、新しいのを咥えた。

美香子はいつの間にか部屋から消えていた。……悪いことをした。優しくていい女なのに八つ当たりしたりして。たぶん二度とこの部屋に来ることはないだろう。

(これでよかったのかもな……)

いまのおれは、あんたのことしか頭にない。朔夜さん……おれはこんなにあんたが好きだよ。でもあんたは？　あんたの気持ちが見えないよ。

ふと、廊下に誰かの足音がするのに気付いた。母親が出張から帰ってくるのは大晦日だ。美香子が戻ってきたのか、とベッドに掛けたまま、開いたままのドアを振り向いた恭介は、危うく煙草に噎せそうになった。

カラシ色のコート姿の朔夜が、紙袋と小さなピンク色の花束を抱えて立っていた。

「勝手にお邪魔したよ。寝てなくていいの？」

「さっ、朔夜さん!?　どーしたんスか!?」

「お見舞いに。チャイムを鳴らそうとしたら女の人が出てきて、二階にいるって云われたから……勝手に上がっちゃまずかったかな」

「とんでもないっス！　どーぞどーぞ！　入って入って！　汚ねー部屋だけどっ」

慌てて散らかりまくった雑誌やゲームソフトを部屋の隅に積み、飲みかけのペットボトルをベッドの下に足で押しやる。ふわふわと舞う綿ぼこり。

料理はプロ級だが整理整頓《せいとん》は大の苦手だ。家政婦も母親も立ち入り禁止のこの部屋、掃除機をかけたのは……何ヵ月前だっけ。

「いいよ、気を遣わなくて。ちゃんとベッドに入りなさい。熱があるんだろ？」

「朔夜さんの顔見たら治っちゃったよ」

嬉しさのあまり、抱きついてキスしようとした恭介を、朔夜はやんわり押しとどめる。

「だめ。ほら、ベッドに入る」

ちぇ、残念。ほんとクールなんだから。でもいい。見舞いに来てくれたんだもん。なにもかも許しちゃうぜ。

ごそごそベッドに潜ると、コートを脱いだ朔夜は、胸まで上掛けを引き上げ、ぽんぽん、ってしてくれる。恭介のおでこに手を当てて、「熱は下がったみたいだね」……顔を見るだけで胸がきゅ～ん……として、ふんわり、あったかーい気持ちに包まれてく……。

ああ……恋っていいなあ……。

「おうちの人は？　なにか食べた？」

「里美《さとみ》さんは仕事。朔夜さんの顔見たら、胸がいっぱい。腹もいっぱい」

「それじゃ体によくないだろ。あ、桃の缶詰買ってきたけど食べる？」

枕もとに腰掛け、紙袋からごそごそ取り出す。

「桃缶～？　なっつかしー」

「あ、待てよ。皿とフォークを……あーあ」

パカッと蓋《ふた》を開けて手づかみで桃にかぶりついた恭介に、朔夜はぷっと噴き出した。お行儀悪いぞ、とたしなめて、汚れないようにティッシュを布団に敷いてくれる。

「よかった、食欲はあるね。うちの父も、熱があるとき、食欲がなくてもこれだけは食べるんだ。めったに風邪ひかないもんだから、ちょっと熱が出ただけで死ぬ死ぬいって大騒ぎだよ。あんなでっかい図体して」

にこにこ話す朔夜は幸せそうで、恭介の胸もほんわかしてくる。

「朔夜さん、オヤジさんのこと好きなんだね」

「尊敬してるよ。なにより……あの人がいなかったら、いまの自分はいないから」

「だよなー。うちのあんなオヤジでも、いなかったらこの世に生まれてねーもんな」

「樋口のお父さんてどんな人？」

「顔はおれそっくりで、歯医者。あ、でも近づいちゃダメだぜ。あいつ変態だから。美人なら男でも女でも見境なしのケダモノだよ」

「……血筋か」

「はい？」

「いや。あ、ほら……ついてるぞ」

と、恭介の口の端についたシロップを親指で拭《ぬぐ》い、ピンク色の舌でペロッと舐めとる。思わずゴクンと生唾を飲んだ。

（目に毒だっつの……）

食べ終えた桃缶を片付けていた朔夜が、ふと窓から空を見上げた。

「天気予報で、今日は夜半から雪だって云ってたよ。積もらないといいけど」

「そしたらホワイトクリスマスだ」

ベッドから起き出して、窓ガラスに手をつき、朔夜をガラスと胸の間に閉じ込めてしまう。

漆黒の髪はかすかなシャンプーのいい匂い。

「ね……朔夜さん。今日、里美さん帰ってこないんだ。泊まってってってよ」

「そうしたいけど……ごめん、予定がある」

二人の吐息で冷えたガラスが曇る。灰色の空が広がっていて、外はずいぶん寒そうだ。

「どうしても？」

「ん……」

ふと、朔夜の喉のあたりをさする右手に気付いた。恭介の眉がピクリと跳ねる。

「……まさか、またあのクソガキとじゃないでしょうね」

「お父さんが夜勤らしくて、頼まれたんだよ。小さい子を一人で放っておけないだろう」

「おれは放ったらかしでもいいっての」

「そう思わなかったからお見舞いに来たんじゃないか。でも熱もないみたいだし……」

「熱がありゃずっといてくれんのか？　だったら病気だって怪我だってしてやるよ！」

こみ上げた怒りと苛立《いらだ》ちにまかせ、細い肩をグッと掴んで反転させた。朔夜は驚いて目を瞬かせる。

「なにバカなこと……」

「前からずっと訊きたかった。朔夜さん、おれとつき合ってるって自覚あるのか？」

「……面と向かって訊くなよ、そんなこと」

朔夜の紫の瞳が、うろたえたように揺れる。

「あるよ……一応」

「だったらどーしておれよりほかの男優先すんの。イブにガキのお守《も》りなんかすんの。なんでだ？　バイトならおれのカテキョすりゃいい。おれだって朔夜さんに勉強みてほしい」

「樋口からお金取れるわけないだろ」

「金払ったってあんたと一緒にいたいんだよ」

「風俗の人じゃないんだぞ」

「わーってるよ。風俗嬢がそんなサービス悪ィもんか」

朔夜は不愉快そうに眉をひそめる。

「半年だぜ。おれたち、付き合って。半年で何回キスしたか、覚えてる？」

「……三回くらい？」

「二回だよ！　たった二回。それもガキがするようなやつ！」

「………」

「いや、いいよ。それはいい。あんたが辛い病気と闘ってるのに、おれはなにもしてあげられねえから……せめて、あんたの負担にならないようにすることくらいしか、おれにはできないから。その気になってくれるまで待ってるつもりだったよ。けど……あんた、いつまでたっても知らん顔だ。おれはあんたのそばにいるだけで、キスしたくて、触りたくて、抱き締めたくて……。あんたは、おれとくっついててもなんともねえの？　キスもしない、触らせてもくれない――性欲も、おれに対する興味もねーの？……ずるいよ。おればっかこんなに好きで……」

「樋口……」

「おれはあんた一人なのに……！」

ガラスに両手をつけてうなだれる恭介の頬に、朔夜の冷たい手がそっと触れる。その手をぎゅっと握り、頬ずりした。

「苦しいよ……朔夜さん。苦しくてたまんねえよ。あんたがそばにいないと、不安で胸が潰れそうになる……。頼むよ。他のやつなんか近付けないでよ。おれのことだけ見て――おれだけを……好きでいてくれよ」

「あッ⁉」

両手を一纏《ひとまと》めに頭上に捩《ねじ》り上げられ、朔夜が悲鳴を上げた。驚愕《きょうがく》に見開かれた紫の瞳に、恭介の無表情が映る。

「樋口……？」

「……おれだけ好きでいてよ」

行かせるもんか。あんなガキのところへなんか。

恭介は朔夜のベルトに手をかけた。朔夜の美しい顔がひきつった。

「いやだ！」

素早くベルトを引き抜いた。一瞬の隙をついて、朔夜がドアにダッシュする。シャツの背中をつかんで引き戻し、ベッドに振り回した。朔夜は隅のベッドの上で大きくバウンドした。

華奢な体だ。馬乗りになって脚の抵抗を封じてしまえば、背中で手首を縛るのは簡単だった。痛くはないが抜けない程度にベルトをとめ、体をひっくり返した。

「朔夜さん……」

ギシッとベッドが鳴る。

腰に馬乗りになって、ゆっくりと体をずらし、白い首筋へ唇を近づける。乱れた前髪をそっと払う。朔夜の顔は怒りで青ざめていた。

「……ほどきなさい」

「嫌だ」

首筋を舌で舐め上げてやりながら、シャツのボタンを外していく。触れた膚の吸いつくような柔らかさに目眩《めまい》がした。

これだ。朔夜の膚だ。

手の平が小さな乳首を見つける。掠《かす》めただけなのに、朔夜の頤《おとがい》がピクッと上がった。感じやすい体。どこもかしこも、なんて魅力的なんだ、あんたって……。

「あっ……」

やたら興奮していて、手が震えそうだった。自分を叱咤《しった》しながら、朔夜のシャツに手をいれ、グリッと乳首を捻《ひね》った。

悲鳴を上げてのけぞった朔夜は、さらに恭介が右側の乳首を揉《も》んでやると、屈辱に耐えるように唇を噛み締めた。きつく眉をひそめ、恭介から顔を背ける。

閉じた瞼《まぶた》が細かく震えている。無言で屈辱に対抗しようとするその顔が、恭介のサディスティックな部分に火をつけた。

声を上げさせてやる。おれの前に跪《ひざまず》かせ、そのお綺麗な顔をたっぷり欲情にまみれさせてやる。

シャツを肘までぐっとひき下ろす。ミルク色のなだらかな肩、薄い胸、ばら色のいやらしい乳首を、まずはたっぷりと視姦《しかん》した。

両の乳首をぎゅっとつまんでやると、びくっと肩がよじれた。振動がもろ、腰にくる。

「そんなに動かないでよ」

固くなってきた乳首の感触を楽しみながら、思い切り淫猥《いんわい》に囁いてやる。

「おれのムスコにビンビンきちまうだろ」

「……っ」

朔夜はきつく唇を嚙んだ。

ズボンを脱がせた。白いすんなりした脚……指からゆっくり、口で犯していく。体毛の薄い脹《ふく》ら脛《はぎ》を舐め上げ、きれいな膝にキスし、引き締まった太腿《ふともも》には、濃厚に嚙みついてやった。

朔夜は声もなくじっと耐えている。太腿を押し開かれるときだけ、わずかに抵抗を示したが、恭介の手が叢《くさむら》の中からそれを摑み出すと、おとなしく脚を開いた。

ペニスをしゃぶるのは二度目だった。朔夜のそこは細身で、乳首より濃いばら色で、卑猥だ。

まずは舌でそっと触れてみる。腰がびくっと跳ねた。口の中にゆっくりと深く収めてやると、ずり上がって逃げようとする。太腿を抱え込み、さらに喉の奥へ導いた。

「っ……んっ」

女たちにしてもらったことを思い出しながら、口を窄《すぼ》めて吸い、ぺちゃぺちゃと音を立てて舐めてやる。双玉を撫で、指でアヌスをくすぐる。

抱えた太腿がじっとり汗ばんで、甘い匂いが立ちのぼる。上目使いに時々うかがうと、朔夜の薄い胸が激しく上下して、顎《あご》を上げて必死に声を殺しているのが見えた。どんなに声をこらえても、恭介の口に捕らえられた欲望が、快感の度合いを現わしてしまうのに。

朔夜が感じているのがたまらなく嬉しい。恭介も激しく興奮し、ズボンから引っぱりだして、自分で愛撫《あいぶ》した。どちらのものともつかぬ荒い息遣いが部屋に満ちていく。

「ウッ……！」

指をアナルにゆっくりと挿入させていくと、ビクン、と腰が跳ねて、朔夜の精液が口の中に飛び散った。さほどの味も匂いもない。抵抗もなく飲み込んだ。

荒い息をつく唇に、唇を合わせ、精液の残りを口の中に流し込んでやる。首を振って抵抗するのを、頤を指で押さえつけ、無理矢理口を開けさせた。上気した目尻に、うっすらと涙が浮かんでいた。

朔夜の美貌が歪むのがたまらない快感だった。自分の中で暴れるケダモノに恐れを感じつつも、制御できない。この体を、心を、完全に征服したい。それだけしか見えない。

「んっ……う……っ」

「朔夜さん……」

「あ……」

太腿を腰に抱え、再び窄まりを探ると、朔夜が薄く目を開いた。潤んだ眼――柘榴《ざくろ》のような紅《あか》。

「まっ……て」

からからに嗄《か》れた声で云う。

「コンドームを……」

「おれのモン、生身じゃ食えねーってか」

朔夜は弱々しく首を振った。

云いたいことはわかっていた。アナルセックスの危険性くらい、最低限の知識はある。

ふと思いつく。サイドチェストに幾つか入っていた。雄々しいモノを朔夜に見せつけながら付けようとし、

「朔夜さん」

シーツにべったりと頬を埋《うず》めている朔夜の唇を、コンドームの袋でツ…と撫でた。

「付けてよ。これ。朔夜さんのお口で」

「な……」

「嫌ならこのまま突っ込むぜ」

「……」

「舌出しな」

朔夜はしばらく躊躇《ためら》っていたが、少しだけ口を開けた。赤い舌の上にゴムをのせてやる。のろのろと肘をついて起き上がる。恭介はベッドを下りて彼の前に立った。

ベッドの縁に腰かけた朔夜が、隆々と立ち上がった股間に口を近づけてくる。熱い舌が先端に当たった瞬間、恭介はあまりの刺激に危うく達しそうになった。

（すっげ……え……。たまんねえ……っ）

あの朔夜さんがおれのチ×ポを舐めてる……！

（ちくしょ……もっ……死んでもいい……っ）

朔夜は口だけでゴムを付けるのに苦労している。ようやく亀頭にゴムを被せると、血管の浮いたものを横ぐわえにし、唇と歯を使ってゴムを引き下ろそうとする。もどかしさがたまらない。

「くそっ」

恭介は食い縛った歯の間で呻《うめ》き、朔夜の頭を摑んで股間から引き剝《は》がした。半端に引っかかったコンドームを毟《むし》り取り、じかに頰に擦《こす》り付ける。ものの五秒で爆発してしまった。きつく目をつぶった朔夜の顔に、どぷっと白い液がかかった。タンクが空になった気持ちよさに、「ふうっ…」と鼻から吐息が漏れる。濃いザーメンが、朔夜の髪にも大量に飛び散っていた。

「朔夜さん……」

「……君のいうセックスって、こんなのか」

汚れた顔のまま、朔夜は静かに呟いた。赤い瞳は徐々にいつもの色に戻りつつあった。その目頭から、つ……と透明な涙があふれ、精液と混じって頰を伝った。

恭介の胸に、サーッと冷たいものが流れた。

「君のものになるって、こういうことか。縛られて自由を奪われ犯されることか」

「あ……おれ……」

急いで手の拘束を解いた。ティッシュで汚れを払ってやろうとすると、朔夜は手を払いのけ、シーツで顔をこすった。

触れる隙も、声をかける隙もなかった。全身がみるみる冷えていく。あれほど猛《たけ》り狂っていたのが嘘のようだ。

朔夜は身なりを整えると、シーツの狭間《はざま》から黒いものを摑み、すらりと立ち上がった。

「……君はいつか、ぼくを自分のものにできるなら、なにと引き換えにしてもいいって云ったね。……ものにするっていうのは、こういうことなのか？」

朔夜は静かに云った。詰《なじ》るでもなく、むしろ穏やかに。

「自分以外の誰ともつき合うな、優しくするな、見るな、と云うのなら、……あの石井さんと君はなんら変わるところはないよ」

「………！」

ドクンッと心臓が停まった気がした。

朔夜は絶対零度の眼差しのまま、手に持った黒いものを、術《すべ》もなく立ちつくす恭介の頭にズボッと被せた。

「……最低だな」

「朔夜さん！　待っ……！」

肩を掴んだ恭介の顔を、振り返りざま、机に置いたままだった花束でバシッと打った。ピンク色の花びらが舞い散る。

細い背中を、恭介は呆然《ぼうぜん》と見送った。暮れかけた窓ガラスに、間抜けな自分の顔が映っていた。

朔夜が被せたもの――それは、美香子の置き土産《みやげ》……黒いレースのショーツだった。

4

夜半から雪になるという天気予報は大幅に繰り上がって、日暮れにはもう、ちらちらと白いものが舞いはじめた。路上パーキングに一列に並んだ車の屋根が、少しずつ白く染められていく。

買い物袋を片手に抱えた若い夫婦が、それぞれの片手で小さな男の子と手を繋いで舗道を歩いていく。雪にはしゃいだ男の子は、両足でピョンピョン跳ねては、積もりはじめた雪に小さな足跡を残していく。

睦《むつ》まじい親子の様子をカフェの窓越しにぼんやりと目で追いながら、朔夜は、ふっと溜息を落とした。テーブルの紅茶はもうすっかり冷めてしまっている。

壁の時計は午後六時。約束の時間から三十分以上も過ぎている。

朔夜はまた溜息をついた。

人を待つのは苦手だ。

自分が待ち合わせ場所を間違えたのだろうかとか、時間を間違えたのだろうかとか、もしや相手の身になにかあったのではないかとか、あれこれ気を揉んで、居ても立ってもいられなくなってしまう。やがて相手がごめんごめんと拝みながら現われる頃には、気疲れでぐったりしてしまっているのだった。

「おまえは気を回しすぎなんだ」と父親は笑うが、そういう彼も、時間にだけは正確な人間である。

ただしそれは、人と会うことの多い彼の職業柄身についたものであって、その他のことについては呆れるほどルーズである。

トイレのドアを開けっぱなしにして用を足すだとか、家中の電気という電気をつけっぱなしにして出かけてしまうだとか、その程度のことはまだいい。ただ、昼日中から、カーテンも窓もドアも開けっぱなしにして情事に耽るのだけはやめてほしい、と切に思う。特に真夏など、マンションの両隣にどう思われているかと冷汗ものだ。

「固えなァ、おまえは」

嗜《たしな》めても、アバウトな父親はのほほんと笑って、

「そんなガチガチじゃ人生つまんねえぞ。たまにゃーカレシと青姦でもやってみろ。おまえみたいに、カーテン閉めて電気も消して毛布被らにゃ服も脱げませんってんじゃ、あのホストの相手は務まらんぜ。モテるんだろ?」

彼はホストじゃなく普通の高校生だし、第一どこの世界に息子に屋外での性交渉を奨める父親がいるんですかと呆れたが、自分の恋人が、ガチガチに凝り固まったつまらぬ道徳観と

世間体に雁字搦《がんじがら》めにされている朔夜を少なからず不満に思っていることは、指摘されるまでもなく、朔夜自身が一番よくわかっている。なぜなら彼の恋人もまた、朔夜の父親と同様に、いや……ひょっとするとそれ以上に、アバウトでルーズでリベラルな思想の持ち主だから。

きっと恭介は屋外でのセックスだって臆《おく》しないだろうし、電気を消してするなんて思いつきもしないだろう。目隠しや手錠をしたり、満員電車の車内で痴漢プレイを思いつくことはあったとしても。たったいま女性を抱いたばかりのシーツの上で朔夜を凌辱《りょうじょく》することはできたとしても。

朔夜は無意識に、手首のベルトの跡をシャツの上から摑んだ。

赤く擦れた皮膚が、熱をもってヒリついている。口の中にこびりついた彼の臭いが何度ゆすいでも取れない。そして、口移しで注ぎ込まれた自分の精液の臭いも……。

青白い瞼をゆるく閉じる。

性的な強い衝撃が、朔夜の中に潜むもうひとつの人格を引きずり出してしまうことは、それまでの体験や専門医のカウンセリングからも明らかだった。

同性への性的欲望、それに対する自己嫌悪、欲望を抑制しようとする心、それに逆らう本能――それらが全部強すぎて、君の心はバラバラになってしまうんだよと、医師は云う。

「だからといって、わざとそれらを遠ざけるようなことはいけない。君に必要なのは、自分を認めてあげる気持ちだ。もっと自分を解放してあげなさい。もしつき合っている人がいて、その人が君の病気のことを知っているのなら、一度連れていらっしゃい。セックスに関することは、パートナーの協力と理解が必要だから。怖がらないで、勇気を持って」

近いうちに、といったんは約束した。だが恭介に話すことはできなかった。カウンセリングのことも、〈病気〉の引き金のことについても。――その原因についても。

怖いのだ。

人格がひとつに統合されるまでには、長ければ何十年もかかる場合もある。治らないケースも少なくない。医師の云うように、自分を認め、解放することで治るかもしれないし、治らない可能性も否定できない。確実なのは、〈引き金〉さえ引かなければ、あいつは出てこないということだ。

だから、遠ざけた。引き金になりそうなものすべてを。キスもスキンシップも、肩を抱かれることも、セックスも。

もちろん、興奮状態に陥っても〈あいつ〉が出てこないことだってある。だが可能性のありそうなものは遠ざけたかった。

それでは根本的な治療にはならないと医師に諭されても、あの恐怖――自分が自分でなくなる、あの恐ろしさを二度と味わいたくはなかった。そのためなら一生セックスをしないことなどなんでもない。

だが、恭介は？

朔夜が一生誰ともセックスをしないつもりだと打ち明けたら、恭介はどう思うだろう？　打ち明けないまでも、ずっと接触を避け続けていたら――？

何度も、何度も考えた。カウンセリングルームまで送ってくれた恭介に、一緒に中に入ってほしい……と喉まで出かかったことも一度や二度じゃない。けれど、いつもあと一歩が踏み出せなかった。

彼を失いたくはない。だがもし、カウンセリング中に〈病気〉の原因を知られてしまったら？　医師は、そのことは決して口外しないと固く約束してくれたが、万が一の可能性が朔夜を尻込みさせた。怖かった。彼にすべてを知られることが。今日こそは、明日こそはと思いながら、その日を延ばし延ばしにしてしまった。

これは、その報いだ……朔夜はギュッと手首を摑んだ。

勇気を出すことができなかった自分への、報いなのだ……。

「朔夜さん」

突然、背後からの声に物思いを破られ、びくっと竦み上がった。

勇太が、振り返った朔夜の前に、びっくりした顔で立っていた。

「どしたんだよ。そんなビビッた？」

「ああ……ごめん、考えごとしてて」

待ち人のようやくの登場に、朔夜は淡く微笑んだ。無意識のうちに肩に入っていた力が、ストンと抜けたのが自分でもわかった。つくづく、人を待つのは苦手だ。

勇太はメニューも見ず、ホットココアをウエイトレスに注文し、朔夜の右側に腰を下ろす。カフェやレストランで必ず人の右側に座る年下の男のことを、ふと朔夜は思い出した。その理由を尋ねると、ニヤッとして、右手でメシ食いながら左手で相手の肩を抱けるからだと云った。

「こんなふうにね」

と囁きながら太腿の間に滑らせてきた左手に、「そこは肩じゃないよ」と、ぶすりとフォークをつき立ててやったのだが。

「ごめん、遅くなって。父ちゃんの車で来たんだけど、すっげー渋滞で、おれだけ降りて走ってきた。あ、バイト代のこと、やっぱうっかり振り込み忘れてたって。謝ってた。今日、直接渡すって」

「ありがとう。ごめんね、雪の中わざわざ」

「ぜんぜん。こっちこそ、だらしねーオヤジでごめん。ちゃんと説教しといたから。バイト代忘れるなんて有り得ねーよな」

その口ぶりはもういっぱしの男だ。きっとクラスでもモテるに違いない。同級生の女子なんて乳臭くて相手にならねーよ、おれは朔夜さん一筋だぜ、とうそぶく教え子が、貰ったラブレターを大切に抽斗《ひきだし》にしまっていることは父親から聞いている。

「……なに？　おれの顔、なんかついてる？」

ホットココアを飲みながら、勇太が朔夜の微苦笑を見咎める。

「いや。知ってる人に似てるな、と思って」

「うっそだね。おれみたいなカックイー小学生、他にいるわけねーじゃん」

「そういう自信過剰なところが、特によく似てるよ」

誰だよそいつ、と不服そうに口を尖らせる。元気で、くるくると表情が変わって。恭介の子供の頃もこんな感じだったのだろうか。

運動神経が良くて人気者で、女の子にモテて。……自分の子供時代とは雲泥の差だ。

本当は、快活で聡明で綺麗な女性のほうが彼にはふさわしいのだろう。幼馴染みの麻生まり子や、玄関から出てきた大人の女性のような。問題のありすぎるこんな自分なんかより、ずっと。

先生？　と勇太が朔夜を覗き込んだ。

「え？　ああ、ごめん……なに？」

「だからさ、父ちゃんが、お詫《わ》びに食事ご馳走《ちそう》したいって」

「ありがとう、でも予定があるから」

「予定って、あいつと？」

「違うよ。ちょっと買い物したいんだ」

本当は昨日のうちに取りに行くはずだったのだが、資金不足で今日になってしまったのだ。朔夜は窓を見やった。雪はかなりの勢いだ。この雪だと、営業時間を短縮するかもしれない。

いまさらもうあんな物を買っても仕方ないかもしれないけれど……。

「じゃあ買い物付き合うから、その後メシ食おーぜ。先生がいると豪華なもん食えるし。お願いっ」

「うん……」

いつもの癖で、無意識に喉のあたりに手を持っていく。その手を、勇太が突然ガシッと掴んだ。

「その手、どーしたんだよっ……」

朔夜はハッとして、シャツの袖口《そでぐち》から覗いた手首を隠した。

「なんでもないよ」

「なんでもなくねーだろ！　それ縛っ……」

「本当になんでもないから、静かに」

嗜められ、周囲の視線を集めてしまっていることに気付いた勇太は、慌てて声をひそめた。

「……誰にやられたんだよ」

「……」

「あいつ？　あいつにやられたのか。そーなのかよっ」

朔夜は答えなかった。が、ふっと揺れた眼がすべてを肯定していた。

勇太はブチ切れた。テーブルにばんっと手をついて立ち上がる。

「あっのヤロー！　許さねえ、おれが先生の代わりにぶん殴ってやる！」

「勇太くん、落ち着いて。座りなさい」

「おれの先生に怪我させたんだぞ！　落ち着いてられるかよッ！」

「勇太くん。座りなさい」

今にも飛び出していきそうな目つきの少年は、尚《なお》も云い足りなげに口を開きかけたが、朔夜の静かな命令と厳しい眼差しに、奥歯を食い縛り、渋々と従った。怒りに顔を紅潮させたまま、どすんっと背もたれに背中をぶつける。

「……自業自得なんだ」

朔夜は、ぽつりと呟いた。

「樋口は悪くないんだよ。ぼくのせいなんだ。彼を傷つけてしまった報いなんだ……これは。ぼくには、彼を責める資格なんかない」

……そうだ。

自分にそんな資格はなかった。

なにもかも自分で蒔《ま》いた種だ。どんな扱いをされようと、彼が他の女性と寝ようと、責めることなどできはしない。アルバイトのために彼と過ごす時間を削り、クリスマスイブのデートに勇太を連れて行き、風邪で心細くなっている彼をつれなくあしらった自分には。恭介が朔夜を束縛しようとするのは、そうしていないと不安だからだ。朔夜が自分に従わないからと殺そうとしたあの男なんかとは全く違う。そして、恋人をそんなに不安にさせてしまったのは、たった二回のキスしか許さなかった自分……彼が耐えてくれていることを知っていながら、その優しさに胡座《あぐら》をかいて、いつまでも行動を起こさなかった自分自身だ。

こんな自分に、どうして彼を責める資格があっただろう。それなのに、あんな酷《ひど》い言葉を投げつけてしまった。あんたが辛い病気と闘ってる間、負担にならないように我慢すると、それくらいしかしてやれないからと、そこまで思いやってくれていた、彼に……。

「先生……？」

うつろな眼差しで窓を見つめている朔夜を、勇太がそっと覗き込んだ。

静かに雪が降っていた。見慣れた街の景色が、白く白く塗り変えられていく。

朔夜はゆっくりと瞼を伏せた。

もう、だめかもしれない。

このまま終わってしまうのかもしれない……。

5

頰にふわりと、冷たさが落ちる。

見上げると、夜空いっぱいに雪が舞っていた。

夜半から雪の予報だと、朔夜が云っていたのを思い出す。とうに日は暮れ、街の明かりを映すほど低い雲。気温は相当に低い。降り続ければ、きっと積もるだろう。ホワイトクリスマスだ。

『草薙』と表札の懸かった玄関の前、吹き込む雪を避けて膝を抱え込み、恭介は力なく溜息をついた。

「どこ行っちゃったんだよ、朔夜さあん……」

何度携帯電話にかけても、留守電のメッセージが虚《むな》しく返ってくるばかり。あちこち心当たりを探し回り、マンションを訪ねたもののインターホンに応答はなく、陽が暮れても朔夜の家の窓だけ明かりがつかないのを見て、居留守じゃないことに気付いた。しからばと持久戦を覚悟したところへ、この雪だ。傷心に寒さが滲《し》みる。

「ふえーっくしょんっ！」

すさぶ風雪にブルッと背筋を震わせ、抱えた膝をコートの中に引き込む。吐息がツララになりそうだ。

（罰って、ちゃんと当たるんだなぁ……）

恋人がかまってくれないと拗ねて、女に八つ当たりして、浮気未遂。その上、なにより大切な恋人にあんな真似……我ながら最低だ。そりゃ罰も当たるってものだ。

なんでおれってこうなんだろ。すぐカッとなって、同じ過ちを二度も三度もくり返して。二度とあの人を傷つけないと誓ったはずなのに。あの人だけは、なによりも誰よりも大事に大事にしてあげて、この腕で大切に守ってやるのだと……。それなのに。

――最低だ。

泣いていた。蔑《さげす》みと怒りで表情をなくしながら。

――石井さんと君は同じだ。

（ちくしょー……）

（ほんっとにばかだ、おれは。救いがたい、どーしようもねえ、世界一のばかだ……）

これじゃ、おれってあの人を傷つけるために存在してるみたいじゃないか。泣かせて怒らせて困らせて……見たいのは泣き顔じゃないのに。あの人の笑顔だってのに……。

「テメー、ここでなにやってんだ」

聞き覚えのある声が、いきなり頭上に降ってきた。

ピクリと眉を上げ、それからゆっくりと顔を上向けた恭介は、そこに見知った顔を見つけ、うんざりした。

そういえば、こいつ朔夜さんの隣に住んでんだっけ。

「うるせえな。おれがどこでなにやってよーが、おまえに関係あるかよ、ドくそチビ」

「あるね」

上着のポケットに両手を突っ込んで恭介の前に仁王立ちになった萩原勇太は、明らかな蔑みを浮かべてフンと鼻を鳴らした。

「ここはおれんちの前で、おまえが座ってんのはマンションの公共部分だ。不審人物が侵入してんの、黙って見過ごすわけにいかねーからな。ケーサツ呼んだっていいんだぜ」

「……勝手にしろ。今はおまえと漫才やってる心境じゃねえんだよ」

しっしっ、とかじかんだ手で追い払う。さすがにガキを相手にする元気はなかった。寒さで、靴の中の指も感覚がない。

「……そこで凍死しちまえばいいんだ」

ボソリと、勇太が呟く。無視だ無視。こいつにかかわるとロクなことがない。そっぽを向いて、かじかんだ手に息を吹きかける。

勇太が、自分の家の鍵を開けながら、もう一度吐き捨てるように云った。

「テメーなんか死んじまえ。レイプ魔」

恭介はピクリと目線を上げた。

「……なんだと……？」

勇太は振り返って怒鳴った。

「テメーみたいな変態は死んじまえって云ったんだよ！　ゴーカン野郎ッ！」

「……朔夜さんが、おまえに喋《しゃべ》ったのか」

「そーだよ、恥知らずの豚野郎！　テメーなんかと二度と会いたくねーって云ってたぜ！　とっとと消えろよっ。変態、レイプ魔、ケダモノ、ゲス野郎！」

「……うるせえな」

恭介は薄い自嘲《じちょう》を片頬に浮かべた。

「ああそうだよ。おれは恥知らずのケダモノで、最低の変態で、どーしょーもねえバカな豚野郎だ。わかったらさっさと失《う》せろ、チビ。それ以上生意気な口利いたらベランダから逆さに吊《つ》るすぞ」

「やってみろ。テメーなんか怖くねーよ！」

捨て台詞《ぜりふ》を残して、勇太はバタンと玄関のドアを閉めた。恭介はコートの懐から煙草を取り出した。

そのとき、エレベーターの扉が開いた。カラシ色のダッフルコート。

ハッとして立ち上がった。

彼も、恭介に気付いた。

目線が絡まる。紫がかった独特の色合いの瞳が、大きく見開かれる。

「朔夜さん……」

「……樋口……。どうして……」

「ごめん、突然。おれどうしても朔夜さんに……」

謝りたくて……言葉を継ごうとしたそのとき、朔夜の背後で再びエレベーターが開いた。

降りてきたのは、ビジネスマン風の紳士だった。

三十代後半といったところか。目の下に笑い皺《じわ》のある上品な顔立ち、背はさほど高くはないが、恰幅《かっぷく》がよく、一目で高給取りとわかる仕立てのいいスーツを着こなしていた。

「朔夜くん」

紳士は親しげな様子で、振り返った朔夜に、手に提げていた小さな紙袋を差し出した。有名宝飾店のロゴ。

「これ。プレゼント。車の中に忘れていましたよ」

朔夜は、一瞬明らかに恭介を意識した。

「あ……すみません」

「今日はとても楽しかったですよ。このところ接待の味気ない食事ばかりしていたので、こんな楽しいクリスマスを過ごせるとは思いませんでした。それじゃ、なにかあったら勇太をお願いします」

「はい。いってらっしゃい」

紳士は恭介にも丁寧に会釈して、エレベーターに消えていった。

「……誰、あのオッサン」

「お隣の萩原さん。勇太くんのお父さんだよ」

「へーえ」

恭介は底意地悪く目を光らせた。こんなことを云ったら泥沼だと、誰かが頭の片隅で囁いているのに、止まらなかった。

「ほんっとあの手のオヤジが好きなんだな。隣のオッサンにまで色目使うのか」

「色目？　ぼくがいつ……」

「こんなもん貢がせといて、なんもしてませんってわけあるかよ」

小さな袋を引ったくった。中に入っていたさらに小さな箱の包装紙を破く。

赤いご大層なケースに、爪の先ほどの貴石が鎮座ましましている。

「へーええ。おダイヤのピアスってか。趣味悪っり。それも片方だけ？　ケチくせーオヤジだな」

「……返しなさい」

「あんたにはダイヤなんか似合わないよ」

取り返そうと伸ばされた手をサッとかいくぐって、恭介は小さな宝石を、爪の先でピンと弾いた。

それは一瞬キラッと光って、舞い降る雪とともに、静かに地上へと消えていった。

6

「テッメー！　なんてことすんだッ！」

騒ぎを聞きつけて玄関から飛び出してきた勇太が、恭介の膝に飛び蹴《げ》りを食らわせた。

「おれ探してくるッ」

「待ちなさい、勇太くん」

手摺《てす》り越しに下の中庭を覗き込んでいた朔夜は、非常階段を駆け下りようとする勇太を引き止めた。

「寒いから、中に入りなさい。風邪引くよ」

「けどっ……」

「いいから。本当に……もういいんだ」

朔夜は穏やかにかぶりを振った。勇太は悔しそうに下唇を嚙み締め、激しい眼差しをキッと恭介に向けてきた。

「テメーはやっぱ、サイテーだッ。死んじまえ、クソバカヤロー！」

「……るっせーな。そんなにピアスが欲しかったんなら、おれがつけてやるよ」

云うなり、朔夜の肩を勇太の家の中に突き飛ばした。勇太が入ってこられないようにしっかり内鍵をかける。

そして土足のまま朔夜を恐ろしい勢いで引き立てた。勇太が玄関ドアを蹴って暴れている。

「朔夜さん！　朔夜さんッ！　テメー開けろッ！　そこはおれんちだぞッ！」

マンションの造りはどこも似たようなものだ。主寝室はすぐにわかった。皺ひとつなくメイクされたダブルベッド。そこに、朔夜の体を放り出した。

激しい嫉妬《しっと》のマグマが轟音《ごうおん》を立てて胸に渦巻いていた。おれがどんな気持ちで吹きっさらしの通路で何時間もあんたの帰りを待ってたか……なのに、あんたは他の男とぬくぬくとデートを楽しんでたってわけだ。あのガキの面倒を見てるのも、あの男の息子だからってわけだ……！

「やめろ！」

抗《あらが》う体にのしかかって押さえつけ、背中側からシャツを剝ぐ。アンダーウェアは着けていなかった。露《あらわ》になったミルク色の軀《からだ》が、茶色のベッドカバーの上でのたうつ。

「おとなしくしてよ」

耳もとでとびきり優しく囁くと、怯《おび》えたようにビクリと肩が竦んだ。寒さのせいで首筋に鳥肌が立っている。そこに舌を当て、べろりと舐め上げた。

「……離せ……」

穢《けが》らわしいものを払いのけるように、強く首を振って拒む。

朔夜はもう怯えてはいなかった。紫がかった瞳を静かに怒りに燃やし、じっと恭介を見据えてくる。

美しかった。どうしてこんなきれいな生き物が、この世に存在するんだろう。黒々としたつややかな髪、肌理《きめ》細かなミルク色の膚、花びらのような唇、ユニセックスな体つき……おれを魅了してやまない、この美しい生き物が、どうしておれのものじゃないんだろう……。

苦しいよ。朔夜さん。あんたはきれいすぎて、おれを苦しくするよ。あんたを好きな気持ちで胸が膨らんでいっぱいになる。だけどそんな気持ちもあんたには伝わらないんだね……なにひとつ。

「……樋口……」

低い声が、吐息のように、押しつけられたシーツにくぐもる。

「頼むからもう……こんなことはやめてくれ。こんなことをくり返したって、なんにもならない……」

「……なにもしないよ」

くすっと恭介は笑った。こんなときに笑える自分が不思議だった。そして、どんどん残酷になっていく自分が。

「ただお詫びがしたいだけ。云っただろ。捨てちゃったピアスの代わり、あげるって」

「樋口……？」

見開かれた瞳の中に、そのとき初めて怯えが滲んだ。小気味いい気持ちでそれを見下ろしながら、恭介は自分の左耳のピアスをひとつ、外した。

「い……！」

なにをされようとしているのかを察し、恭介を押し退《の》けようと抗う手首を、片手で一纏めに頭上で押さえつける。

「いやだ、樋口……っ！」

「ホントは、氷かなんかで冷やしてからやるんだけど……」

「やめろ！」

「消毒液もねえな……ま、いいか」

ばら色の乳首は、赤ん坊のそれのように乳暈《にゅううん》に陥没していた。唇を近寄せ、前歯で嚙んで刺激を与えてやると、ぷっくりと盛り上がってくる。

朔夜は、やめろというようにパタパタと頭を振っていた。唇を嚙み締めているのは、口を開けば意思と反していやらしい声が漏れてしまうためだろう。

こんなことだって感じるんだな……淫《みだ》らなあんたの体は。このベッドの上で、あの男と何度やったんだ。どんな声を聞かせてやったんだ。胃の底が、嫉妬に焼けつく。

じきに乳首が、それ自体が宝石のように固くしこりきると、口から吐き出し、右手でピアスを持った。先端をあてがう。台はプラチナだ。

抗い疲れた朔夜が、悲痛な声を絞り出す。

「樋口っ、やめてくれっ……」

「暴れるなよ。手もとが狂って、中に突き刺さっちまうかもしれないぜ」

「い……！」

朔夜が息を飲んだ。

刺し貫いた瞬間、恭介は勃起していた。

細い体が頭を穿《うが》たれた蛇のようにのたうつ。苦痛に歪んだ眉。わななく唇。かすれた呻き声。——自分自身が彼を貫いているかのような、強烈なエクスタシーを感じた。ほとんど射精寸前だった。

滴った鮮血の花びらが、ミルク色の膚を鮮やかに彩っていた。ラピスラズリも血にまみれている。

「……似合うよ」

細い頤を捕らえ、自分の方へ向けさせる。朔夜がうっすらと瞼を開く。美しいスタールビーの宝石。そして胸には深い瑠璃色の石。

「いつもの目の色に戻ったら、すごく映える……。あんなダイヤなんかよりよっぽど似合うよ」

「……」

「すげえ、きれいだ……」

唇を合わせた。舌を挿し込んで舐め回しても、朔夜はされるままにじっと動かない。その瞳は、まるで感情を投げ出してしまったかのように、天井に向かってうつろに開かれたままだった。

「……朔夜さん……」

ギシリとベッドが軋む。

そのときだった。

後頭部に、いきなりなにかがドンッと当たってきたのは。

「先生から離れろッ！」

サッカーボールが壁にバウンドした。

ゴルフクラブを握り締めた少年が、部屋に飛び込んできた。驚いた朔夜の目が正気に戻る。

「勇太くん……！」

「先生、大丈夫か⁉　早く逃げろ！」

ベッドに駆け寄った勇太は、朔夜の惨状に気付いて、さらに逆上した。

「てっめえ……よくもおれの朔夜さんにッ……！」

「っせえんだよ、クソガキ」

恭介は振り下ろされたゴルフクラブを易々と片手で受け止め、グイと捻った。勇太はそれでさらに頭に血を上らせ、がむしゃらに暴れまくる。

恭介はクラブを掴んだまま背後に回り、ねじり上げた腕から凶器を奪い取った。

「テメーなんか死んじまえ！」

それでもまだ勇太はめちゃくちゃに暴れて恭介に蹴りを食らわせた。

「クソ野郎！　あれはなっ、あれは、朔夜さんが自分の金で買ったんだぞ！　バイト代貯《た》めて、それで買ったもんだったんだぞ！　なのにテメーはっ……！」

「買った？　バイト代で……って、あのピアスを？」

おれが捨てた、あの……？

「そーだよッ！　離せよクソ野郎！」

呆然とする恭介にゴツンと肘打ちを食らわせ、勇太は背中に朔夜を庇《かば》った。

恭介は狼狽《ろうばい》し、朔夜を見た。

「嘘だろ？」

朔夜は青ざめた顔を俯《うつむ》けて立っている。

「なんで風紀委員長のあんたが、ピアスなんか……校則違反だろ？　見つかったら内申にだって響くし、ほかの生徒にだって示しつかねーし……」

「………」

「……朔夜さんのじゃないのか？　じゃ……誰の」

「テメーのに決まってんだろバーカ！」

代わりに勇太が叫んだ。

「先生はそのためにバイトしてたんだ！　ほんとは昨日買いに行くはずだったけど父ちゃんがバイト代の振り込み忘れて今日の夜になっちゃって」

「勇太くん」

「ずっと前から予約してたって店の人云ってた。大切な人へのクリスマスプレゼントだって、すごく嬉しそうに選んでたって……そんな片っぽだけのピアス、テメーのに決まってんだろタコ！　そんなこともわかんねーでどこが彼氏だよっ」

「それ、マジで……？」

青白かった頬に、さっと赤みが差す。恭介は激しい動悸《どうき》に襲われた。

「朔夜さん……」

「悪いけど、一人にしてくれないか」

掠れた、聞き取りにくい声で、朔夜は俯いたまま呟いた。

「今は君の顔を見てるのが、つらい……」

7

シャワーを浴びて傷口を消毒し、汚れたシャツを始末してから、食欲のない胃にぬるい紅茶を落とし込んだ。

熱を持った胸がジクジクと痛む。保冷剤で冷やしたらどうかと試みたが、冷たさに一分と耐えられなかった。

父親の知人の医者に診てもらうことも考え、しかし、こんなところに穴を開けた理由を聞かれるだろうと思うと、それも躊躇《ためら》う。

傷に触らないよう、なるべく柔らかくて軽い素材の服を選び、早めに布団に入ることだけを考えた。

こんなとき、ガランとした部屋に一人でいるのは、ひどく気分が滅入る。

ザイールで年越しの父親は、今頃取材の最中だろう。

たまにはおまえも一緒にくるかと誘われたのを、迷いもせず断ったのは、楽しそうにクリスマスや正月の予定を立てている恭介をガッカリさせたくなかったからだ。

――イブもクリスマスも空けといてよ、絶対。そんで大晦日はうちで一緒に年越し蕎麦《そば》食って、明治神宮に初詣《もう》でして、湘南《しょうなん》に初日の出見に行こう。オヤジにバイク借りるからさ。ね？……東斗学園は学則で二輪免許取得を厳しく禁じているというのに、そして朔夜は〈鬼の〉風紀委員長だというのに、計画に浮かれている恭介はすっかりそれを忘れて、朔夜のヘルメットを買わなきゃとはしゃいでいたっけ。

しょうがないなと眉をひそめ、無理やり承諾させられたふりをした。本当は心から楽しみにしていた。クリスマスといえばプレゼント。いろいろ悩んだ末、偶然通りかかったジュエリーショップで小粒のダイヤのピアスを見つけた。

恭介のピアスは、十三のときから、八月の誕生日に毎年ひとつずつ、その時付き合っていた女性からプレゼントされてきたものらしい。

今年は一年生の女子たちが、校内募金で新しいピアスをプレゼントした。予算以上の金額が集まったらしく、残額は生徒会に寄付された。

もちろん朔夜は募金に協力しなかった。違反だから、は建前で、本音は他の女性と一緒くたにされるのが嫌だった。ダイヤモンドを選んだのも、だからだ。

〈鬼の〉風紀委員長からピアスのプレゼント。きっと恭介は目を回すだろう。喜んでくれるだろうか。それとも、昔の女性からのプレゼントに密《ひそ》かに嫉妬していたのがバレてしまうだろうか。

……そんなことを想像している間が、一番楽しかったな……。

朔夜はふっと溜息をつき、見るつもりもなくテレビをつけた。ニュースでは、この大雪による帰郷の足への影響をさかんに報じていた。都内でも二十センチの降雪。明日の朝まで降り続くという。

辺りは妙に静かだ。降りしきる雪で窓の外が明るい。カーテンを閉めるために立ち上がった朔夜は、なにげなく見下ろした窓の外に——ライトアップされた中庭に、誰かが倒れているのに気付いて、瞠目《どうもく》した。

ホームレスが行き倒れているのかと、最初は思った。

だが、すぐに、それが黒いコートを着た若い男で、倒れているのではなく、雪の中に這いつくばってなにかを探しているのだと気付いた。足が埋まる程の雪を、丹念に手でかき分けて、全身泥と雪にまみれて必死でなにかを探している——。

（樋口……——！）

急いでバスルームからバスタオルを引っつかんだ。もう片手で傘を摑み、慌てるあまり靴をちぐはぐに履いて玄関を飛び出し、そこで通せんぼしていた小さなシルエットにぶつかりそうになって、驚いて立ち止まる。

「行っちゃダメだ」

勇太だった。

いつからそこに立っていたのか、吹き込む風雪に、体の片側が濡れている。

「……勇太くん……」

「あんなヤツほっとけよ。変態のレイプ魔が凍死しようがどーしようが、知ったことじゃねーよ」

「……そこを通して」

「だめだ！　あんなヤツほっとけよ！　朔夜さんにあんなひでーことしたんだぞ！　こないだだって、ゲーセンで、朔夜さんが見てねーのいいことに、女ナンパしてやがったんだぜ！　あいつは朔夜さんのこと愛してねーよ。おれのがよっぽど朔夜さんのこと好きだ。よっぽど朔夜さんのこと幸せにできるよ！」

「ゆう……」

ぶつかってきた体を受け止め切れず、後ろによろめく。背中と、傷口の痛みに眉を顰めた。

勇太は子供とは思えないような力で朔夜を壁際に押さえつけ、その唇にキスしようと精一杯背伸びする。

「やめなさい、勇太くん」

「いやだ！　あんなヤツのとこには行かせねえからなっ。どこがいいんだよ、あんなヤツっ……ドスケベで変態のレイプ魔の上に横暴で浮気モンで嫉妬深くて早トチリのバカヤローでっ……顔見るのもつらいって云ってたじゃんか！」

「……つらいよ」

冷たい壁に背中を押しつけられたまま、朔夜は、そっと瞼を閉じた。

「彼といると、どんどん自分がつらくなってく。こんなにつらい思いをするのなら、いっそ離れてしまったほうがどんなに楽だろうって……思うよ」

だけど…と、黒紫の瞳で真っ直《ます》ぐに少年を見つめた。

「だけど、彼を失うことのほうが、その何倍もつらいんだ」

勇太は傷ついたように目線を逸《そ》らした。チクショウ……と、噛み縛った奥歯の間から呻き声が漏れる。

そして、朔夜を壁に留めていた手を下ろすと、大人びた声で云った。

「……行けよ。あのバカ、追い出されてからずーっとあそこで探してんだ。凍えて死んじゃうかもしんねーよ」

「……うん」

……傷つけてしまった。胸がしくりと痛む。

曖昧《あいまい》にごまかすこともできた。けれどそれでは、真摯《しんし》な彼の想いを穢すことになる。

(これでよかったんだ)

自分をそう納得させ、朔夜は足もとに落ちた傘とタオルを拾おうと屈《かが》んだ。

と、その頬に、チュッ、と唇の感触。

「勇太くんっ……」

「へっへー。おやすみ！」

「まったく……」

上手にウインクしてパタパタと玄関に駆け込んで行く。朔夜は今度こそタオルを拾い上げて、ふと勇太の触れた頬が濡れているのに気付いた。それは、少年の涙だった。


にわかに風が強くなってきた。

泥と雪にまみれたアルマーニの一点もののコートが、北風にバタバタと煽《あお》られる。足にも手にももう感覚はなく、冷たさも痛さも感じない。鼻の頭がもげそうに冷たい。そのくせ服の中は汗だくだ。寒さより、時々目に入ってくる雪が邪魔だった。

探せるところは全部探した。

植え込みの常緑樹も、片っ端から登って揺すってみたし、コンクリートの上も地面も、雪を掘り返して隈なく探した。なのに。

(なんでだよ)

落下地点からみて、この辺りに落ちたはずなのに。

(なんでないんだよッ、クソッ)

恭介はふらふらと立ち上がり、百平米はあろうかという中庭を見渡した。

ないわけじゃない。見つからないだけだ。この中庭のどこかにあるのは間違いないのだ。

おれが投げ捨てたピアス。朔夜さんがくれた、おれのピアス……。

泥だらけの手で額の汗を拭い、庭の隅に移動した。そして一度探した場所の雪を、また掘り返しはじめた。

(ごめん、朔夜さん)

掘り返すごとに、胸の中でくり返す。

(ごめん、朔夜さん、ごめん……)

いっつもおれは、あんたを傷つけてばっかで。悲しませてばっかで。……いっそおれなんか、あんたの前から消えちゃったほうがいいのかもな。二度とあんたを傷つけられない、遠いところへ……。

できもしない話だけどさ……。

凍る吐息をつく恭介の耳に、ギシ……と、雪を踏む誰かの足音が聞こえた。洟《はな》をすすり上げて振り返る。

「……そこで凍死するつもりか?」

舞い躍る雪の中に、月下美人が咲いているかのようだった。

風に乱れる黒髪。黒いコートの裾《すそ》。その周りで粉雪が躍る。ミルク色の膚が、雪景色に溶けてしまいそうだ。

静寂の中、幻のように美しいその〈花〉は、降り積もった雪の上を、まるで体重を感じさせぬ足取りで近づいてきた。そして、その幻想的な美しさに目を奪われている恭介に、そっと傘を差しかけた。

「バカだな……まったく。泥だらけじゃないか」

「……朔夜さん……」

「その顔も。男前が台無しだよ」

朔夜は恭介の頭に積もった雪を払い、泥だらけの頬をシャツの袖で拭った。

「中に入ろう。風呂が沸いてるし、シャワーも浴びられるから」

恭介の手を取る。長い指も手の平も泥だらけの上に真っ赤になって、爪は泥が入り、割れてしまっている。

「バカだな、こんなになるまで……。凍傷になったらどうするんだ」

「……おれのことはほっといてくれ」

恭介はその手を払った。再び雪を掘り返しはじめる。

「樋口……」

「おれの手なんかどーだっていい。……あれ見つけなきゃ、合わす顔がない」

もはや感覚もなくなった指を雪に突っ込んで、小さなピアスの感触を逃すまいと、掬《すく》った雪を手の平で擦り合わせては探る作業をくり返す。

「もういいから、樋口」

「朔夜さんは中に入ってろよ。風邪ひいちゃうぜ。だいじょーぶだって、ちゃんと探してみせるからさ。こーやって朝までやってりゃ、そのうちぜったい出て……痛ッ」

小石が擦り合わせた指の腹を傷つけ、血が滲《にじ》んだ。かまわず作業を続けようとする恭介の手を、朔夜が無理やり摑み、口に含む。

「ちょっ、朔夜さん！」

「………」

「ダメだって、おれの手バイキンだらけなんだから、汚えって、ねえ、ちょっと、……朔夜さん？……」

「………」

「……なんで泣いてるの……」

狼狽《うろた》える恭介の手の平を、しっとりとした頰に押しつけたまま、朔夜はゆるく瞼を瞬かせた。長いまつ毛に絡まった雫《しずく》が、ツ…と頰に伝い落ちる。

「君が悪いんだ……」

「……ごめんなさいっ！」

居住まいを正した恭介は、ぐちゃぐちゃの地面に額を擦りつけた。

「すみませんでしたっ。反省してますっ。もう二度としません、許してくださいっ！」

「……君なんて」

「ぜったい、二度と、疑ったり浮気したり早トチリしたりしません！　誓います！」

「君の誓いなんて破るためにあるんだろ。何百枚反省文書かせてもちっとも懲りずに遅刻はする、バイクの免許は取る、ピアスは外すどころか増えていくし……」

一言もない。あまりにもその通りで。

「信じたってムダだって、わかってるのに……」

朔夜は両手で恭介の頤を包んだ。

「なのにどうして、信じてしまうんだろう……」

「朔……」

唇が、淡雪のようにそっと降りてきた。いつもはひんやりと感じる朔夜の唇は、凍えきった恭介には、灼熱《しゃくねつ》の塊に思えた。

朔夜は、恭介が同じ体温になるまで、長いことそのままでいた。そして、かすかに赤らんだ頬を羞《は》じらうようにそっと背け、呟く。

「……部屋に来ないか。温めてあげるから……」

自分は後でいいからと拒む朔夜を、半ば無理やりバスルームに引きずり込んだ。温めてあげると云った朔夜のほうが、恭介より屋外にいた時間はずっと短かったのにもかかわらず、もとの体温を取り戻すのに時間がかかった。

電子体温計だと時々体温が表示されないという。湯船で十数えただけですっかり回復してしまった恭介は、やっぱりおれがあっためてあげなきゃねと、張り切って彼の美しい裸体を抱き締めた。

シャワーの雨が二人の全身に降りそそぐ。

朔夜の全裸を見たのは初めてだ。いつも半端に着衣のままだったから。

左胸の上に、防水テープで保護したガーゼを見て、胸がキリキリ痛んだ。ごめん……と何度も囁いて朔夜の顔中にキスを降らせた。

薄い肩は女のような丸みはなく、だが変に骨ばってもいない。線は細いがだからといって折れそうに細いわけでもない。うなじからなめらかな背中へと繋がる、色っぽくて繊細なライン。恭介の両手で包み込めてしまいそうな、ほっそりとした腰……小さな尻。締まった長い脚。

どこもかしこも、触れてみたくなる。恭介は初めて女を抱いたとき以上の興奮とときめきに、らしくもなく震えながら、ミルク色の肩胛骨《けんこうこつ》をやさしく咬《か》んだ。湯の中で、タイルに向かって立っている朔夜が、ビクンと竦む。

「……きれいだ……」

低く囁く。朔夜はゆるく首を振り、腋《わき》の下からくぐって鎖骨や喉を愛撫していた恭介の指を、そっと前歯に挟んだ。ゾクッとする刺激。恭介の股間がぐっと力を持つ。

「君のほうが、ずっときれいだ。指も、腕も、肩も……」

視線を滑らせるように振り返り、締まった上腕筋を指で辿《たど》る。朔夜のミルク色の皮膚と対比を成す、陽焼けした褐色の膚。

「君のこの、筋肉が好きなんだ……」

恭介は低く呻き、彼に唇を押しつけた。

甘く吸い返してくれる、唇……とろける舌。理性までとろけちまいそうだ。

けれど、性急に求めて彼を傷つけたくなかった。初めての夜だ。うんと優しくしてやりたい。忘れられなくなるくらい。

タイルに跪こうとした恭介を、朔夜が止めた。

「待って……そこに」

「え？　う、わ……」

朔夜は褐色の軀に沿って滑らせるように腰を落とし、恭介をバスタブの縁に座らせると、指で支えたそれに舌を這わせた。そして、片手で傷ついていない方の乳首を弄《いじ》りはじめる。

「うっ……」

皮膚感覚と視覚の快感の極みに、恭介は喉をのけ反らせた。すぐにも出ちまいそうだ。

しかしさらに恭介を呻かせたのは、先端に、尖らせた乳首が押しつけられたことだった。袋を優しく揉まれ、同時に鈴口を乳首で愛撫される、例えようのない快感に、バスタブの縁を摑んで激しく喘《あえ》いだ。

「ど……どこでんなテク覚えたんですかっ……」

ンな、マッサージ嬢みたいな……っ。

「だって……してくれるんだろ?」

バスルームに籠もった蒸気の熱さと、羞恥《しゅうち》とに潤んだ眼差しが、切なそうに恭介を見つめる。

「君のつき合った女の人たちは、これくらい…するんだろ……?」

ズッギュ――――ン。

「朔夜さあぁぁぁんっ!」

「あっ、待っ……」

「ダメだ、ンなかわいー顔でンなかわいーこと云われたら股間直撃だっ! ちくしょ、なんであんたってそんなかわいいんだっ」

「待って――」

「ダメ、待てない、な、いいだろ？　入れるよ、入れちゃうからね」

「だめだ、待って……待ちなさい！　待てったら！　樋口、ハウス！」

怒鳴られ、きゅーん、と耳を伏せて「待て」のポーズを取る恭介。

「なんだよもぉ〜、ここまで来て待てはねーでしょ、待てはぁ〜。あっ、そっか、風呂場じゃ狭いもんな。本番はベッドでゆっくりたっぷり愛しあおうってそういう」

「黙って」

立ち上がった朔夜は、片手で恭介の前髪を後ろに掻《か》き上げた。そして額と額をぴたりとくっつけ合う。

「……やっぱり」

溜息と一緒に云った。

「君……熱がある」


「三十九・六度。よくこんな高熱で外をウロウロできたわね」

「ちっちゃい頃から、熱があるのに気が付かないで外を飛び回ってた子だったのよ。真冬なのにやたらに暑がるから変だなと思ってると、必ず四十度近く熱があるの。何度手遅れになりかけたか」

ベッドサイドの両脇に立って両腕を組んだ魔女二人——麻生《あそう》まり子と樋口里美は、声を揃えた。

「バカは風邪ひかないって云うのにねー」

「……うるせー……」

冷えピタをおでこに貼ってゲホゴホと咳《せ》き込む恭介。元気なときでもこの二人に口で勝ったことはないのに、体力のないこの状態では、推して知るべし。こんなときは、黙って布団を被るに限る。

「さっきお注射していただいたし、寝てれば治るでしょ。さ、いつまでもこんなところにいたら風邪がうつっちゃう。下で紅白でも見ながらメロン食べましょ？　千疋屋《せんびきや》の一万八千円、奮発しちゃった」

「お……おれの見舞いじゃないのかよメロン……」

力なくベッドで呻きながら伸ばされた手をシカトしてかしましく去っていく二人……あれでも親か？　親友か？　かわいい一人息子が、大切な幼馴染みが、三十九・六度の高熱で苦しんでるっつーのに、そういうぞんざいな扱い、アリなわけかよ。

（クソー……あいつらが熱出したって二度と看病してやらねー……）

煙草を咥えてみたものの、まずくて仕方ない。ぐったりと枕に頭を付けた。またぞろ熱が上がってきたようだ。

と、控えめにドアがノックされ、そっと開いた。

「樋口……起きてる？」

「さっくやさあん！」

がばっと跳ね起きた。

「来てくれたのっ。起きてる起きてるっ。寝てても起きちゃう」

カラシ色のダッフルコートが、ピンク色の小さな花束を持って、そっと部屋に入ってくる。

「具合どう？　まだ熱が高そうだね。目が潤んでる」

「ん～、も～、スッゲつらい～。ね～ね～一緒に寝よ～よ～。朔夜さんが添い寝してくれたらすぐ治っちゃうよ～」

「甘ったれ」

コツンとおでこに拳骨《げんこつ》。新しい冷えピタに取り替えてくれる。

「早くよくなれよ。みんな心配してる」

「朔夜さんは？　心配？」

「当たり前だろ」

恭介はニヤッとし、朔夜の手を握った。

「早くよくなって、あの続き、してほしい？」

朔夜はでれでれとヤニ下がっている恭介を軽く睨んで、右耳にそっと触れてきた。

ラピスラズリのピアスは全て外され、小粒のダイヤがきらっと輝《ひか》っている。

「似合うっしょ？　朔夜さんがくれた大切なプレゼント、一生外さねーから」

雪解けの後、中庭の植え込みで奇跡的に見つかったダイヤのピアス。見つけてくれたのは勇太らしい。気に入らないガキだが、今度ばかりは感謝だ。

「嬉しいけど、風紀委員長としては複雑だな。でも……似合うよ。想像通りだ」

「ありがとう。すっげー嬉しい。絶対、一生大切にするから。ピアスも、朔夜さんも……」

「……バカ」

「朔夜ちゃああーん？」

と、階下から、ムードぶち壊しの恭介母の大声。

「なにしてるの、いらっしゃーい。いいのよ、恭介なんかほっとけば。頑丈なのだけが取り柄なんだから。一緒に年越し蕎麦食べましょう」

「はい、いま行きます」

朔夜は階下に答え、立ち上がった。

「年越し蕎麦を食べたら、里美さんや勇太くんと一緒に初詣でしてくるよ。君のおかげで今年は賑《にぎ》やかな年越しになりそうだ。それじゃ、ちゃんと安静にしてるようにね」

それじゃ、って……え？　行っちゃうの？　病気のおれ一人置いて行っちゃうの、ねえ？

そんなんアリかよ？　ちょっと、ねえ、ねえってば！

「あ、それから」

と、戸口で振り返った朔夜は、どこか意味深な流し目をよこした。

「樋口が寂しくないように、お見舞いを頼んでおいたから」

「……え？」

なぜか、ゾワッと背筋が寒くなった。

この展開……この目つき。前にも一度覚えがあるような……。

いやあああ〜なデジャヴの目眩に襲われる恭介の耳に、ドタドタと階段を上ってくる大勢の足音が聞こえてきたのは、そのときだった。

「恭介ぇ〜、新年明けましてオメデトッ」

「先輩、風邪ひいたんだって？　お粥作ったげよっか！」

「これお見舞い。レモン百個よ。風邪にはビタミンCが一番だから」

「恭介はん、うち、恭介はんに会いたくて、お座敷ほかしてきたんどすえ……」

「今夜は泊まり込みで看病してあげるね。お泊まりセット持ってきたんだ！」

「ねえ恭介、こないだの忘れ物のことなんだけど……」

「ち、ちょっと待て、おいっ」

重なるように雪崩《なだれ》込んできた美女の集団に三十九・六度の恭介はベッドの上を這うように

後ずさる。

「もてる男はつらいね」

「さ……朔夜さん……怒ってるよね？　ホントはまだ怒ってるんだろ？　ねえっ？」

「さあ……どうかな」

しれっとした笑みを浮かべ、朔夜はパタンとドアを閉じた。

「お大事に」

「ち、ちょっと！　待ってよ朔夜さんッ！　朔夜さんてばあッ！　今年もこんなオチなのかっ⁉　ねえ、ちょっと……誰か助けてくれえええええ〰〰〰〰〰〰〰〰〰〰〰〰〰ッ！」


そして三学期、登校してきた東斗学園の生徒たちは、校門の美しき〈鬼〉にじゃれつく名物男の姿がないことに気付く。

ＯＬとカナダにスキー旅行だとか、グラビアモデルと温泉だとか、欠席中さまざまな憶測が飛びかったが、詰めかけた見舞い客から逃げようとして階段で足を滑らせ、肋骨《ろっこつ》を三本骨折して入院を強いられている、という真相については。

今のところ、誰も知らない。

あとがき

ＴＯＫＹＯジャンク番外、新装版「暗くなるまで待って」をお届けします。

このお話は、ジャンク本編から約8年後。本編で主人公でもないのに暴れまくっている登場人物（そう、あの男です）の息子が、主人公の一人となっています。

なぜあの男に息子が？　恭介は朔夜とちゃんとエッチできるのか？　朔夜の病気は治るのか？……などなど、真相は今後発売される本編「エタニティ」＆恭介×朔夜の続編「ラブ・ミー・テンダー」で順次明かされていきます。他のジャンクメンバーも登場してきますので、どうぞ、お手にとって頂けますように。

同時収録の「熱くなるまで待って」は、同人誌より再録しました。実は、当時はまだ続編の「ラブ・ミー…」の構想がなかったため、次作の内容とはいろいろ齟齬が生じています。パラレルワールドと思って、細かいことは気にせず気楽に読んで頂ければ幸いです。

最後になりましたが、ルチル編集部のＦ様、シリーズ執筆にあたりお世話になった各社担当者様、イメージぴったりの恭介と美しい朔夜を描いてくださった敬愛なる如月弘鷹先生、そして、いつも応援し支えて下さる読者の皆様に、心から感謝いたします。

二〇一二年　初夏　ひちわゆか

✦初出　暗くなるまで待って……………1996年小説b-Boy6・7・8月号掲載
（※単行本収録にあたり、加筆修正しました）
熱くなるまで待って……………同人誌収録作品
（※単行本収録にあたり、加筆修正しました）

ひちわゆか先生、如月弘鷹先生へのお便り、本作品に関するご意見、ご感想などは
〒151-0051 東京都渋谷区千駄ヶ谷 4-9-7
幻冬舎コミックス　ルチル文庫「暗くなるまで待って」係まで。

幻冬舎ルチル文庫

暗くなるまで待って

2012年7月20日　　第1刷発行

✦著者	ひちわゆか
✦発行人	伊藤嘉彦
✦発行元	株式会社 幻冬舎コミックス 〒151-0051 東京都渋谷区千駄ヶ谷 4-9-7 電話 03(5411)6432［編集］
✦発売元	株式会社 幻冬舎 〒151-0051 東京都渋谷区千駄ヶ谷 4-9-7 電話 03(5411)6222［営業］ 振替 00120-8-767643
✦印刷・製本所	中央精版印刷株式会社

✦検印廃止

万一、落丁乱丁のある場合は送料当社負担でお取替致します。幻冬舎宛にお送り下さい。本書の一部あるいは全部を無断で複写複製（デジタルデータ化も含みます）、放送、データ配信等をすることは、法律で認められた場合を除き、著作権の侵害となります。

定価はカバーに表示してあります。

©HICHIWA YUKA, GENTOSHA COMICS 2012
ISBN978-4-344-82502-4　C0193　Printed in Japan

本作品はフィクションです。実在の人物・団体・事件などには関係ありません。

幻冬舎コミックスホームページ　http://www.gentosha-comics.net